Dangereusement douce

Antoine Laurain

Dangereusement douce

roman

Flammarion

ISBN : 978-2-0802-6448-0

« Qui serions-nous si nous ne pouvions ressentir de l'empathie pour ceux qui ne sont, ni nous-même, ni nos proches ? Qui serions-nous si nous ne pouvions pas nous oublier de temps en temps ? Qui serions-nous si nous ne pouvions pas apprendre ? Pardonner ? Devenir, en somme, autre que nous-même ? »

Susan Sontag.
Extrait du discours *Littérature et liberté*,
pour sa réception du Friedenspreis,
prix de la Paix
des librairies allemandes, 2003.

Au centre des pavés disjoints, il y a un grand arbre. On n'a jamais su exactement à quelle espèce il appartenait ; certains habitants penchent pour un merisier, d'autres pour un chêne, bien qu'il n'ait jamais produit aucun gland. Avant d'arriver sous l'arbre, il faut traverser le porche arrondi qui servait autrefois aux voitures à chevaux. Sur la gauche, l'escalier de pierre blonde monte vers les étages et sa rampe de fer forgé noir grimpe en torsades délicates au-dessus des marches. À droite un autre escalier, en bois, dessert les étages de la façade nord. Puis un autre au fond, en bois lui aussi, ceux de la façade ouest. La façade est, elle, n'est accessible que du fond de la cour par un escalier constamment dans l'obscurité. L'ensemble, le hall, les escaliers comme les plafonds, aurait besoin d'un sérieux coup de peinture, mais ici personne ne semble pressé de monter des échafaudages ni de sentir l'odeur des enduits.

Derrière les fines fenêtres qui enserrent la cour, on voit passer des ombres. Une fenêtre se referme, une autre s'entrouvre qui laisse filtrer quelques bruits du monde : chanson, journal télévisé, ruissellement d'une douche ou sonnerie d'un portable.

Après que la porte cochère s'est refermée lourdement, on est plongé quelques secondes dans la pénombre, il faut chercher à tâtons l'interrupteur dont la diode lumineuse a grillé depuis longtemps. La lumière jaune qui filtre à travers l'opaline poussiéreuse inonde la pierre et les pavés. On se dirige vers l'arbre, on sort dans un cliquetis ses clefs puis on gravit l'escalier – de pierre ou de bois.

On est chez soi. On va se servir un verre, et, presque instinctivement, s'approcher de la fenêtre.

Elle s'est assise sur le divan, puis s'est allongée très doucement. Elle doit avoir dans les 30 ans. Son teint est pâle, ce qui fait ressortir le noir d'encre de ses cheveux qui lui tombent sur les épaules. Je crois qu'elle a les yeux bleus. Je n'ai jamais été très doué pour déterminer la couleur des yeux des gens. Récemment, ma femme m'a fait remarquer que mon meilleur ami a les yeux bleu foncé, ce qui est rare. Cela fait trente-trois ans que je le connais. Si l'on m'avait demandé quelle était la couleur de ses yeux, j'aurais répondu : marron ?

Ce genre de détails physiques m'échappe. Je ne vois les êtres que dans leur globalité. Pour Nathalia Guitry, je dirais : jeune femme de 30 ans, jolie brune aux yeux clairs. C'est tout.

Le silence s'est installé depuis une minute environ. J'attends toujours que le patient le rompe, mais cette fois rien ne se produit et le temps passe. On peut laisser le temps de la séance s'écouler ainsi, aucune règle n'oblige à briser ce silence. Au contraire, il peut être considéré comme une entrée en matière. Le silence n'est pas rien.

Nathalia Guitry n'est jamais venue. C'est sa première séance. Je pourrais lui demander comment elle a obtenu mon adresse, mais cela m'a toujours paru sans importance. Les patients me citeraient le nom d'un ami, qui lui aussi vient ou est venu ici, ou encore me donneraient le nom d'un médecin traitant. À mon sens, l'évocation d'autres individus brouille la prise de contact. Il ne doit y avoir dans cette pièce que deux êtres : le patient et moi. C'est suffisant, amplement suffisant.

Nous sommes en hiver et dehors il tombe du grésil. Comme d'habitude, j'ai tiré les rideaux rouges. Le temps influence les déprimés : soleil, neige, pluie, vent, froid ou chaud influent sur l'état et sur le moment. Ici tout est neutre. Doit être neutre. Mon cabinet est conçu comme une sorte d'anti-lieu, géographiquement parlant. Le patient doit oublier sa ville, son pays, son smartphone, son Facebook ou son Instagram. Le bureau, car je préfère dire « bureau » – cela inclut une notion de travail à laquelle je tiens –, le bureau est partout. Comme une île flottante, de continent en continent, de névrose en psychose, de mélancolie en souffrance, de rêve en fantasme. Le bureau est une balise, qui émet des signaux. Si vous la croisez sur votre route, ce n'est pas un hasard, jamais. Vous cherchiez la balise – parfois sans le savoir. Je suis le capitaine de cette balise.

— Docteur Faber ?...

— Je vous écoute, dis-je entre deux vagues de cinquante mètres. Souvent la liaison laisse à désirer, plein de parasites s'immiscent sur la ligne : silence, angoisse, peur, lapsus. Peu importe, le bureau flotte, résiste à toutes les intempéries. Insubmersible et silencieux.

— J'ai l'impression d'être dans un sous-marin, vous savez, ces sous-marins énormes qui avancent en silence sous des kilomètres de glace, dans le plus grand secret. Un patient m'avait dit cela et j'avais souri. J'aurais dû rebondir sur le secret ou la glace comme symptôme d'oppression, mais sur le moment l'image du métal noir glissant sous l'eau gelée en secret m'avait séduit et j'avais juste répondu :

— Oui, c'est un peu ça. Il était content, rassuré, c'était l'essentiel.

Puisqu'elle ne parle ni d'elle, ni du temps, ni de qui l'a envoyée, je vais rompre le silence, on verra bien.

— Vous vous appelez Guitry, vous avez un rapport avec Sacha Guitry ?

Elle sourit, bon point. Le sourire est un peu amer mais c'est déjà ça.

— Aucun... me répond-elle. D'ailleurs Sacha Guitry n'a pas eu d'enfant.

Le silence revient, il ne faut pas le laisser s'installer. J'ai bien envie de rebondir sur Guitry, car elle semble connaître le sujet. Il est même possible que Guitry ne soit pas son nom, je ne vérifie pas les identités de mes patients. Cela n'a aucune importance. J'ai gardé quelques principes de base de l'analyse traditionnelle, comme le règlement de la séance en espèces. Pas de chèques, pas de carte bancaire – pas d'identités vérifiables. Comme je suis médecin, je suis sûr d'avoir rempli des feuilles de soins qui n'ont jamais été présentées à l'administration. De l'analyse traditionnelle, j'ai aussi gardé quelques notions basiques tels les actes manqués, lapsus et autres inconscients. Je m'en sers assez peu mais ils sont là, comme une vieille trousse à outils dans le bas d'un placard. Elle peut toujours servir, même se révéler très utile.

— En quoi puis-je vous être utile, Nathalia ?

— Je pense que j'ai raté ma vie, répond-elle.

J'ai souvent entendu cette phrase entre ces murs. Il y a de nombreuses variantes : *J'ai raté ma vie* est définitif et annonce un travail long, très long. *Je crois que j'ai raté ma vie* est inscrit dans le doute, c'est un peu moins grave que la première proposition. De même dans *ma vie est ratée*, le « je » est absent, la vie est vécue à part. Comme un animal de compagnie avec lequel on vivrait depuis son enfance et dont on n'est pas satisfait. On vit avec un fox-terrier et l'on s'aperçoit qu'en fait on aime les chats du Bengale.

Dans le cas de Nathalia Guitry, qui n'a pas réagi lorsque je l'ai interpellée par son prénom et non par un mademoiselle, ou un vous impersonnel, c'est le verbe *penser* qui est intéressant.

— Pourquoi pensez-vous cela ?

— Je ne vis rien. Ma vie professionnelle est un échec.

— Quelle est votre profession ?

Elle met quelques secondes de trop avant de me répondre.

— Je suis photographe. Elle sourit de dépit.

— Pourquoi souriez-vous ?

— Je suis une photographe qui ne photographie rien.

— Expliquez-moi cela.

Voilà, à cet instant précis nous rentrons dans l'analyse. Cette phrase qui a l'air banale est le premier contact réel avec le patient.

Expliquez-moi. Nous allons parler de lui, ou d'elle, de son problème ou de ce que parfois il croit être son problème. À moins que celui-ci ne soit qu'un leurre dissimulant des failles plus graves.

— Je n'ai plus de contrats, dit-elle.

— Pourquoi, selon vous ?

— J'ai perdu mon talent.

La dimension romantique, désabusée de cette phrase ne m'échappe pas. Pourtant, le ton définitif qui l'a accompagnée aurait tendance à me mettre sur mes gardes plus que d'habitude.

Je tente un simple, mais indispensable :

— Vous avez perdu le goût de photographier ?

— Oui.

— Pourquoi ?

— Lorsqu'on ne peut pas pratiquer son métier, l'intérêt se perd et le goût disparaît.

J'étais en train d'analyser la phrase afin d'y déceler la faille, mais elle continue :

— C'est comme pour les acteurs, un acteur qui ne peut pas jouer, ça meurt.

Faille. Réponse :

— Cette phrase n'est pas de vous.

— Effectivement, elle est d'un comédien célèbre que j'avais photographié il y a quelques années.

— Donc, vous avez exercé votre métier à un moment donné.

— Oui.

— Et maintenant vous êtes dans le creux et vous ne supportez pas.

Elle ne répond rien. Je m'attendais à un autre « oui » ; Nathalia semble aimer dire cette affirmation, ce qui révèle un caractère déterminé, peut être excessif, mais infiniment vivant. J'ai eu sur mon divan de nombreux patients et patientes qui ânonnaient des : je ne sais pas... Peut-être... Mouais... Mmmmm... Pffff. Quelques secondes passent où j'essaye vaguement d'établir à quelle catégorie appartient Nathalia. Je la placerais dans les déprimés mélancoliques pour commencer.

— Vous souvenez-vous de votre dernière photo ?

— Oui.

— Que représente-t-elle ?

— Un meurtre.

Nathalia est repartie. J'ai fait cesser la séance juste après ces dernières paroles. Il ne faut jamais entrer dans le jeu du patient. La vie ici n'est pas comme la vie au-dehors. Au-dehors, la personne à qui vous annoncez ce genre de choses rebondit dessus avec stupéfaction, les questions fusent, l'attention se fixe et l'adrénaline monte. Ici, non. Ici, c'est différent. Lorsqu'elle s'est relevée et m'a payé, nous avons échangé nos numéros de téléphone portable. Je le fais toujours. En cas d'urgence, un patient peut me joindre tout comme moi je peux le faire. C'est un fil qui nous lie et dont on fera usage – ou pas.

Ma fiche client va se résumer ainsi :

Prénom : Nathalia.

Nom : Guitry.

Objet : A photographié un meurtre.

Symptômes : inactivité.

Pathologie : dépression mélancolique.

Dans une autre colonne, j'écris toujours rapidement les premières idées qui me viennent après la première séance. Cette fois, je griffonne : imaginaire, vérité, mythomanie.

Nous n'avons pas repris de rendez-vous, c'est elle qui doit me recontacter, si elle le souhaite.

Elle s'est allongée avec autant de douceur que la première fois.

J'ai bien envie de revenir sur son ultime photo, mais je crois qu'il faut aborder Nathalia par un autre angle. Et pourtant, meurtre... La plupart de mes clients viennent épancher ici des névroses somme toute banales : problèmes de travail, divorce compliqué, complexe d'infériorité. Ils sont déboussolés face au monde moderne – crise du Covid, tensions internationales – dont ils voient les effets au quotidien sur leurs économies. Stress. Stress augmenté par la poussée subite de leurs enfants devenus des adolescents turbulents alors qu'ils étaient encore de charmants blondinets dociles il y a deux ans. Quand ce n'est pas le classique complexe d'Œdipe.

J'en ai ainsi deux : Lemont et Robotti. Il faudrait presque organiser une thérapie de groupe, un weekend à la campagne, pour permettre à ces deux-là de se rencontrer. Ils forment ce que mes confrères américains nomment depuis peu le *twin complex*. Deux individus souffrant des mêmes causes et les exprimant pareillement à leur analyste. Lemont et Robotti ont été étouffés par des mères qui les ont habillés en secret avec des vêtements de fille jusqu'à l'âge de 6 ans. Dans ses grands jours Robotti me jette au visage qu'il devrait être transgenre à l'heure actuelle ; Lemont a une subtile variante, selon lui il devrait être non genré. Et moi j'écoute, j'essaye de les amener à la prise de conscience. C'est difficile, c'est épuisant même parfois, et c'est rare qu'une jolie jeune femme s'assoie sur le divan juste pour me parler de blocage artistique. Meurtre. Pas blocage artistique, meurtre.

— Vous m'avez parlé de votre vie professionnelle, pas de votre vie privée, lui dis-je. C'est une question que je n'aime pas poser, mais elle est indispensable. Certains patients deviennent même logorrhéiques après avoir entendu cela. Ici ce n'est pas le cas. Elle répond juste :

— Oui.

— Vous souhaitez m'en parler ? continué-je, n'obtenant cette fois qu'un silence qui me rassure. Je ne sais pas si mon esprit aurait été prêt à digérer des dizaines d'anecdotes enfantines toutes plus sordides les unes que les autres. En fait, l'analyse est rarement passionnante. Parfois un patient sort du commun, doué, intelligent, répondant brièvement – on le repère tout de suite.

Certains analystes appellent cela un second, car il va vous seconder dans le travail. Pas rester amorphe sur le divan en attendant qu'un miracle arrive.

Les questions suivies de longs silences, il n'y a réellement qu'ici que cela peut avoir lieu. Au-dehors, si vous posez une question à quelqu'un et qu'il ne vous répond pas, *l'inquiétante étrangeté* se met en place. Ici rien n'est inquiétant ni étrange. Tout est normal. Alors j'attends.

— Je n'arrive pas à vivre.

— C'est-à-dire ?

— Je regarde la vie des autres et je me dis : comment font-ils ?

— Et comment font-ils ?

— Je l'ignore.

— Votre appareil photo est une barrière entre vous et le monde, une protection ?

— C'est un peu cela.

— Comme vous ne photographiez plus, la barrière n'est plus là et vous vous sentez démunie.

— Peut-être.

— Que faites-vous de vos journées ?

— Rien.

J'attends qu'elle en dise plus. Par expérience, je sais que le mot « rien » prononcé appelle une suite d'activités. Quand mon patient Guichard m'a répondu *rien* au sujet de ses mercredis après-midi, ce mot fut suivi d'une description détaillée de toutes les pratiques sadomasos possibles et imaginables, des clubs spécialisés, des adresses interdites et des prénoms féminins qu'on se refile, toujours précédés du grade de maîtresse. Pour Guichard, « rien » revenait à se faire attacher et fouetter jusqu'au sang par maîtresse Caroline dans un joli studio du 16e. Pas une seconde il n'avait pensé que ce « rien »-là pourrait servir à notre travail. Plus les êtres sont dévoyés, plus ils sont naïfs.

— Je dors et je voudrais ne jamais me réveiller.
— Vous pensez au suicide ?
— Non.
— Vous êtes certaine ?
— Oui, je n'ai pas envie de me tuer.
Souvent mes patients mentent. Mais elle me dit la vérité, du moins je veux la croire. Si demain on m'annonce son décès par overdose de barbituriques, je serais vraiment surpris.
— À part dormir ? lui dis-je.
— J'écris mon journal.
— Vous aimez écrire ?
— Oui.
— À part écrire…
— Je me promène.
— Où cela ?
— Dans mon appartement… Je regarde les gens en face. La façade nord.
— Vous regardez vos voisins ?
— Oui. C'est une déformation professionnelle, j'ai l'impression d'être un œil.

Elle a intégré une perversion : le voyeurisme, tout en la désamorçant par son métier. Effectivement, Nathalia ne peut être une voyeuse perverse, car elle est photographe. Pour elle, voir c'est continuer son travail. Les vrais voyeurs n'ont jamais de liens avec les métiers de l'image. Authentiques passionnés, ils se ruinent en téléobjectifs, lunettes infrarouges et laser nocturne. Planqués dans leurs voitures, ils font « l'œil » comme ils disent. Au bois de Boulogne ou sur d'autres terrains en plein air. Parfois, ils s'aventurent dans des saunas, des plages naturistes, laissant dans le coffre de leur voiture leurs accessoires quasi militaires. Ce sont des êtres doux, sensibles, timides, pourtant capables de faire gober à leurs rétines les scènes les plus glauques. Il est facile de les reconnaître : on ne peut pas les toucher. Le contact physique les révulse, à la manière d'une huître recevant un filet de citron. Je sais cela, je ne leur serre jamais la main. Ils m'en sont reconnaissants.

— Un œil qui regarde mais ne vit rien ?
— Oui.
— Combien y a-t-il d'étages ?
— Cinq.
— Et que voyez-vous dans ces cinq étages ?
— Des histoires, des vies. La vie.

Absente de la vie, mais pas de la vue. Nathalia s'est cachée derrière ses yeux. Blottie derrière son cristallin, comme un animal recroquevillé et qui hiberne dans le liquide lacrymal. Le fœtus dans le placenta, le retour au point de départ. Elle est un sujet plus difficile que je ne l'avais d'abord envisagé. La dépression mélancolique due à une perte de repères professionnels est assez courante. Cela va des artistes, ce qui est son cas, au cadre vivant mal un plan de restructuration qui le dépasse. En général, j'essaye de réintéresser les mélancoliques à la vie en leur trouvant une activité. Même la plus petite est déjà un pas dans la bonne direction. Au cadre licencié, je demande de me fournir son analyse des marchés boursiers. Je veille à situer le petit effort que je vais leur demander – et qui pour eux est parfois surhumain à accomplir – dans leur domaine de compétence. Avec Nathalia, je suis assez ennuyé – elle ne prend plus de photos et elle ne sort pas de chez elle.

— Nathalia, je voudrais vous demander de faire quelque chose.

— Oui.

— Je voudrais que vous vous trouviez une activité.

— Je ne veux pas prendre de photos, me répond-elle aussitôt.

— Je ne pensais pas à cela.

Le silence s'installe à nouveau, je ne vois d'elle que ses cheveux noirs et brillants et ses mains fines posées sur sa jupe. Si nous restons ainsi nous n'irons nulle part. La parole a ses limites, « Il faut savoir dévier », disait Malevinsky – mon maître. Dévier de la parole, c'est aller vers l'autre forme de confession : l'écrit. « La parole écrite est *pensée*, donc elle est pensée, qu'elle sorte de la bouche ou du stylographe, elle est existence, le premier corps ne sert que de vecteur au deuxième corps, c'est celui-là qui nous occupe, l'invisible. » Malevinsky toujours. On écrit dans la solitude et le silence, et Nathalia paraît bien habituée à ces deux états, je vais tenter une approche :

— Vous regardez les cinq étages de la façade nord. Je vous propose quelque chose : vous et moi nous allons changer de stratégie. Nous allons communiquer différemment. Je m'explique : à chaque séance vous m'apporterez un court récit sur la vie d'un étage. Récit réel ou imaginaire, peu importe et nous allons progresser d'étage en étage : rez-de-chaussée, premier, deuxième, troisième... Jusqu'au cinquième. Vous croyez que vous pouvez faire cela ?

— Au cinquième on s'arrête ?

— Au cinquième, nous aurons beaucoup progressé, lui dis-je.

— Vous pensez que je vais vous parler de moi à travers ces récits ?

Elle a déjà compris toute la démarche, mais semble sur ses gardes. C'est à moi de faire tomber ses dernières sentinelles, celles de la conscience claire, qui croient protéger le Moi et ne font que l'étouffer.

— Je souhaite essayer cet exercice avec vous.

— D'accord, seulement je ne vous l'apporte pas, me répond-elle. Je vous l'envoie par la poste. Je ne supporterais pas qu'on lise ce que j'ai écrit devant moi.

— C'est d'accord.

Alors qu'elle me paye, je lui reprécise qu'elle peut fumer durant les séances.

— Comment savez-vous que je fume ? me répond-elle.

— Je le sens sur vos vêtements, dis-je avec un sourire complice.

Nathalia me regarde de ses yeux bleus, fixement. Je ne sais si je dois y lire une question ou si ce regard est un reproche. Tout ce que je vois, c'est qu'elle me voit. C'est rare que les patients me voient à ce point, souvent même, ils évitent de croiser mon regard.

La première enveloppe est arrivée le 16 janvier. En papier kraft, il n'y a pas de timbre, elle est libellée à mon nom par ordinateur. Cela m'a étonné que Nathalia n'aie pas écrit elle-même, j'aurais voulu connaître son écriture. Empruntée ? Sensuelle ? Hésitante ? Énergique ? Écrit-elle les M et N avec des pointes ou des arrondis ? Les I sont-ils surmontés de points ou de petites planètes sphériques ?

Je ne saurais pas. Onze pages sur le rez-de-chaussée. Traitement de texte, relié par une agrafe. Ce matin ma femme était très intriguée par l'enveloppe, elle voulait absolument lire ces feuillets. J'ai dû lui expliquer qu'il s'agissait d'un travail thérapeutique et non d'un roman policier ; elle était déçue, prétextant que je n'avais aucun humour et que j'étais plus drôle avant.

Avant ? Mes patients aussi emploient ce mot. Ils le brandissent comme un gri-gri : je n'étais pas comme ça avant, avant tout allait bien, si vous m'aviez connu avant. À quand remonte cet avant enchanté ? Y a-t-il un moment dans nos vies où tout était simple, facile et sans soucis ? Non, bien sûr que non. Le passé est toujours réinventé sous un jour meilleur, tamisé aux souvenirs, toutes les impuretés filtrées, il ne reste que quelques pépites que l'on voit plus brillantes qu'elles ne l'étaient. En ce qui me concerne, je ne vois pas trop celles auxquelles ma femme fait allusion. Ai-je été un jour un type pétri d'humour et d'anecdotes amusantes sur mes patients, prêt à les partager à l'apéritif, un verre de porto à la main ?

Je ne me souviens pas avoir été cet homme-là.

Maintenant je suis assis dans mon fauteuil et je mets ces lunettes de lecture demi-lunes que je suis obligé de porter depuis plusieurs années et que j'égare régulièrement. Nathalia doit arriver dans une heure, je vais consacrer une demi-heure à la lecture de ses pages, peut-être à leur annotation. Je débouche le stylo Cross en or offert par l'Association des analystes de New York et pompeusement gravé : *To J. Faber from Analyst Guild Of N.Y.C.*

Je dois avouer que c'est la première fois que je fais faire à un patient ce genre de travail. Il m'est déjà arrivé de demander des écrits sur des rêves ou un souvenir familial. En général cela commence par : ma grand-mère était une femme merveilleuse ou la nuit dernière je me promenais nu dans la rue.

Cette fois, c'est différent :

Je m'appelle Alice Larjac, je suis votre coach personnelle pour tout comprendre des relations homme/femme…

Rez-de-chaussée

Je m'appelle Alice Larjac, je suis votre coach personnelle pour tout comprendre des relations homme/femme. Bienvenue dans cette nouvelle vidéo. J'ai l'habitude de dire cette phrase avec un sourire et une voix enjouée au début de toutes mes vidéos. Je me filme avec un appareil photo qui fait aussi caméra. Un Leica. Je dispose quelques éclairages professionnels, je vérifie mon maquillage, je répartis mes cheveux bruns et longs bien en avant sur mes épaules. Je choisis toujours le même cadre : assise sur mon canapé, ma grande litho bleue de Jacques Monory est accrochée au mur derrière moi, et je regarde bien droit dans l'objectif. Ma petite phrase – somme toute banale – est comme un mantra. J'en suis désormais à 278K de followers sur ma chaîne YouTube. Ce qui veut dire que 278 000 personnes se sont abonnées et me suivent. C'est comme si tout Bordeaux ou Montpellier s'était inscrit à mes contenus.

J'adore ce que je fais, j'aide des gens – des hommes ou des femmes. Mes vidéos, qui ne dépassent guère quinze minutes, ont des sujets qui tous sont liés à l'amour, aux relations entre les êtres avec des titres comme : *Elle ne sait pas ce qu'elle veut : que faire ?*, *Cinq qualités que les femmes recherchent chez un homme*, *Six astuces pour repérer une femme jalouse*, *Le (ou la) pervers(e) narcissique : comment les démasquer et... prendre la fuite !*, *Amour et manipulation, où est la limite ?*, *La jalousie, piment du couple ou tue-l'amour ?*, *Cinq types d'hommes à fuir*, *Cinq types de femmes à fuir*, *Syndrome de l'infirmière : que faites-vous avec ce gros nase ?*, *Les princesses ne méritent que des citrouilles : détecter une garce*, *Homme binaire : la chasse aux blaireaux est ouverte*, *Trouvez votre licorne : qu'est-ce que l'amour harmonieux ?*

« ... La frontière entre le gentleman et le pigeon est très faible. Messieurs, lorsque vous rentrez dans cette zone, faites bien attention à vous. Ne vous faites pas mener par le bout du nez ou du bec. Sachez refuser, sachez dire non et observez la réaction de votre partenaire. Un refus bien formulé avec tact et politesse doit être accepté. Si vous la voyez se raidir, bouder et ne plus vous adresser la parole. Si l'atmosphère dans la pièce est soudain pleine d'électricité, si le silence est pesant et que vous avez l'impression de marcher sur des œufs. Si vous vous sentez coupable de lui avoir refusé quelque chose. Tout cela, tous ces éléments toxiques sont une violence qui s'exerce contre vous, soyez-en bien conscient. Quelqu'un qui vous aime ne boude pas. Je vous renvoie à ma vidéo sur les femmes qui boudent, en bas à droite de l'écran vous avez le lien. Voilà ! C'était Alice Larjac pour cette nouvelle vidéo sur les hommes "trop gentils", je vous dis à bientôt et portez-vous bien ! »

Je m'avance pour couper le Leica. J'ai fini une nouvelle vidéo, je la mettrai en ligne dans deux jours. On agrémentera d'une jolie photo de l'acteur britannique des années 1960 David Niven, en smoking, un verre de Martini à la main et d'un pigeon qui regarde l'objectif avec ses yeux jaunes écarquillés. Les deux images apparaîtront très vite lorsque je dirai ma phrase sur les gentlemen et les pigeons. Je suis d'ailleurs assez contente de ma formule. Ça, c'est une *punch line.*

J'ai mes séminaires réels pour lesquels je loue une salle dans différentes villes : Paris, Strasbourg, Lyon, Nantes… Il y a entre quatre-vingts et cent personnes chaque fois. Je les enregistre et il est possible de me les acheter via MP3 sur mon site. Je prends aussi certains abonnés au téléphone pour des « consultations » tarifées. Ils m'expliquent leur problème relationnel et je leur donne mon opinion – jamais de conseils, juste mon opinion sur les faits. La plupart du temps, les gens sont tellement investis dans leur histoire qu'ils ne voient plus rien. Ne comprennent plus rien. Ils sont perdus – alors ils m'appellent. Je gagne bien ma vie. J'ai un cercle d'habitués – majoritairement des hommes, mais j'ai aussi des femmes.

J'ai 34 ans. Cela fait six ans que je fais ça. Tout a commencé avec un livre que m'a tendu un jour Aïcha.

Aïcha, c'est ma meilleure amie. Le livre s'intitulait : *L'Accord parfait, se comprendre soi-même pour comprendre le monde.* J'avais froncé les sourcils : — C'est encore une daube de développement personnel, ne me dis pas que tu lis ça, meuf ? — Écoute, je l'ai trouvé à la librairie alors que j'allais acheter le dernier Houellebecq, ce putain de petit bouquin a vachement de succès, j'ai voulu voir par moi-même et en fait, ce n'est pas si con. J'avais levé les yeux au ciel mais promis de le lire. Quelques jours plus tard, j'avais envoyé un SMS à mon amie : « J'ai lu ton truc, c'est vrai, il y a de bonnes choses. »

Elle m'avait répondu : « Meuf, tu peux faire mieux. »

Aïcha et moi on se connaît depuis qu'on a 18 ans. Je fumais en cachette de mes parents tous les soirs une cigarette en sortant de la fac. Toute seule, tranquille, assise à une table de café. Toujours la même. Après je mâchonnais un chewing-gum au menthol pour faire passer l'odeur de la cigarette. Ce jour-là, une fille brune est venue vers moi et m'a demandé du feu. Elle est allée s'asseoir à une table et a commencé à tirer sur sa cigarette, puis elle a tourné la tête vers moi et a souri : — Me dis pas qu'on fait la même chose ? Fumer une clope avant de rentrer chez nos parents et manger un chewing-gum en chemin. J'avais pouffé de rire. Oui, nous faisions la même chose. Et Aïcha est venue s'asseoir à ma table. Elle m'a immédiatement été sympathique avec son grand sourire, ses yeux de biche et ses cheveux frisés. — Je m'appelle Aïcha, m'a-t-elle dit. — Je suis Marie-Edwige, ai-je répondu.

Oui, il faut que je vous dise : je ne m'appelle pas Alice, encore moins Larjac, je m'appelle Marie-Edwige de La Tourrière. Rien ne me destinait à faire un jour des vidéos sur YouTube ou alors peut-être bien que si. Je voulais être comédienne. Je voulais jouer. Au théâtre ou au cinéma. J'adorais cela. Enfant déjà, j'aimais me déguiser, être une autre quelques heures – que je sois une princesse ou un prince, une mendiante ou un trappeur m'importait peu. Je piquais les déguisements de mon frère, je m'en fabriquais moi-même, je mettais tellement de sérieux à mon rôle que je finissais par oublier qui j'étais vraiment. Je ne comprenais plus lorsqu'on m'interpellait par mon horrible prénom pour me dire qu'il était l'heure de goûter. On ne demande pas à une reine ni à un bandit en cape noire d'aller goûter. J'ai décidé de devenir actrice à 13 ans. Lorsque j'ai dit cela à ma mère, elle m'a giflée. Mon père s'est interposé et m'a sermonnée sur ce métier dangereux, dans lequel, à son sens, il n'y a que des malfaisants, des drogués, des prostituées, des francs-maçons et des juifs. Je suis retournée dans ma chambre et j'ai regardé le grand portrait de Greta Garbo que j'avais encadré sur un mur. Puis un autre – celui de Louis Jouvet –, et je me suis dit que ça allait être compliqué.

Je suis un pur produit de la noblesse avec ma particule. Un pur produit aristo – ni riche ni fauchée – mais bien accrochée à ses valeurs et ses convictions. J'ai grandi dans le 7e arrondissement, avec des Charles-Édouard et des Marie-Bérangère. Leurs parents venaient les chercher à la sortie de l'école, les hommes avaient des pantalons framboise et des mocassins à glands, les femmes les cheveux en arrière avec des catogans – parfois même des serre-tête en velours – et des sacs Hermès. Je me suis souvent demandé s'il n'y avait pas eu un échange d'enfants à la maternité, si je n'étais pas en fait la fille d'un célèbre producteur de cinéma ou d'une mannequin connue qu'un hasard vicieux avait amenée chez mes parents. Je déteste mon prénom depuis toujours, je le trouve ridicule, je l'ai porté comme une croix durant toute mon enfance et mon adolescence – on me l'a donné parce que c'était le prénom de la grand-mère de mon père. Lorsque j'ai dit, un jour, que je pensais avoir été échangée à la maternité avec un autre bébé, j'ai eu droit à une autre gifle. Mon frère, Édouard, est un parfait produit de la famille, il en est la fierté. Il est militaire, il a fait Saint-Cyr. Dans le bureau de mon père, il y a une photo de lui en uniforme avec son épée. Aucune de moi. Enfin si, une : j'ai 6 ans, un bonnet, c'était à la montagne. Mes parents sont d'extrême droite, parfois ils poussent le bouchon jusqu'à être royalistes. En public ils se disent « conservateurs ».

Revenons-en à Aïcha. Aïcha vient des cités, de la banlieue, et elle a décidé de ne pas y rester. En deuxième année de droit c'était la meilleure élève ; moi, je stagnais – en fait je ne faisais rien. — On va s'apprendre des trucs, m'a-t-elle dit un jour. Je vais t'apprendre ce que je sais des mecs, des femmes, du sexe, de la vie, toi, tu vas m'apprendre ce que tu sais : ton éducation, ton milieu, tes codes, tes trucs de bourgeois ou de nobles. Ça va être gagnante/gagnante, meuf. On a toujours gardé ça : nous nous appelons rarement par nos prénoms, on se dit : meuf. Un jour en licence de droit, j'ai amené Aïcha à la maison. Mon père était là avec son comptable et il était venu nous saluer avec ma mère qui prenait le thé avec une amie. Aïcha avait dit bonjour très poliment à tout le monde et nous avions filé vers ma chambre. Lorsque Aïcha est repartie, mon père a ouvert la porte de ma chambre et m'a regardée en silence.

— Tu as… une amie… arabe ? m'a-t-il dit avec lenteur et d'une voix blanche comme s'il m'annonçait l'arrivée imminente d'un astéroïde sur la terre qui nous ferait tous revenir au temps des dinosaures. — Oui, c'est Aïcha, c'est ma meilleure amie, ai-je répondu d'une voix aiguë. — Aïcha… a murmuré mon père d'un ton consterné, puis il est reparti sans un mot. Il est revenu brusquement, me faisant sursauter : — Ta mère et moi nous t'envoyons dans des rallyes ! Nous t'envoyons dans ta classe sociale, pour que tu voies des gens de notre milieu, nous investissons énormément sur toi, Marie-Edwige ! s'est-il emporté en me pointant du doigt. Et toi tu n'as que des mauvaises fréquentations, tes cours de théâtre grotesques et maintenant une amie arabe ! Mais ressaisis-toi, Marie-Edwige ! Je me souviens de l'avoir regardé droit dans les yeux avec froideur, comme me l'avait appris Jean-Laurent Cochet, mon mythique professeur de théâtre, qui m'avait accepté à son cours. J'ai dit lentement :

— Je ne m'appelle pas Marie-Edwige, je m'appelle Alice. Mon père est devenu blême et il est sorti en claquant la porte si fort que mon poster de Garbo s'est détaché du mur.

Alice Larjac. Ce nom était celui d'une cliente du magasin de vêtements où je travaillais pendant mes études pour suivre les cours de Cochet jusqu'à ce qu'un jour il me dise :

— Garde cet argent pour toi, tu en as plus besoin que moi, ta vie ne va pas être si simple.

Il n'y avait rien à lui répondre. Juste accepter sa générosité. Je faisais partie désormais des quelques élèves qui ne payaient pas et bien sûr ne devaient pas le dire aux autres. C'était un grand monsieur, quasiment tous les acteurs célèbres du cinéma français sont passés par chez lui. De visage d'Alice Larjac, je n'ai presque plus de souvenir : une femme brune, élégante et souriante. Son nom m'avait plu et je me le suis approprié sans que jamais elle ne le sache. Aujourd'hui j'ai ma petite célébrité dans le coaching sur le Net et j'en vis. Je n'ai jamais reçu d'e-mail d'une Alice Larjac me demandant pourquoi j'ai les mêmes prénom et nom qu'elle. Il n'y a même aucune Alice Larjac sur le Net. Pourtant elle a existé.

Je suivais mes cours de droit sans grande conviction et mes cours de théâtre avec passion. Nous habitions ensemble avec Aïcha. Mon père me faisait des chèques, à contrecœur, pour m'aider à boucler mes fins de mois. Aïcha se débrouillait toujours pour trouver des sous – je ne veux pas savoir comment. D'ailleurs, nous n'en parlions jamais. Elle continuait son chemin et il était brillant. Aïcha a fait Sciences Po, a eu son diplôme, a décroché celui de l'ENA, puis elle a rencontré son patron. Je ne peux pas donner son nom, c'est l'un des plus gros patrons du Cac 40. Il cherchait une assistante personnelle à ce moment. C'est-à-dire quelqu'un qui est toujours avec vous, qui sait tout de vous et de vos affaires et qui s'occupe de tout. C'est totalement épuisant, c'est une vie à deux cents à l'heure. C'était fait pour elle. Voilà maintenant des années qu'elle est le filtre, le sésame pour accéder à lui. Si vous ne passez pas par Aïcha, il est impossible de l'approcher. « Vous verrez ça avec Aïcha » est une phrase qu'il doit prononcer quarante fois par semaine.

Son patron est très petit, il fait 1,62 mètre et il en souffre. En plus il est chauve – la perte de ses cheveux vers 30 ans semble l'avoir encore plus atteint que sa petite taille. Après une réunion glacée où deux énormes groupes se déchiraient, le patron de l'autre groupe n'avait pas tenu ses nerfs et les avait suivis dans le couloir qui les menait vers les ascenseurs traitant celui d'Aïcha d'opportuniste, de serpent et de... *petit chauve*. Le « petit chauve » s'était arrêté et retourné pour toiser l'autre en silence. Et là, c'est parti. Aïcha fait 1,75 mètre, ce qui veut dire qu'elle culmine à 1,80 mètre avec ses talons – elle est magnifique, elle pourrait faire la couverture de *Vogue*. Quand elle entre dans une pièce, les conversations s'interrompent. Elle s'est avancée vers l'autre patron qui a aussitôt reculé. Et là… tout le parlé racaille est revenu – plus vite que le débit d'Eminem, je peux très bien imaginer ce qui s'est passé, je l'ai vu engueuler des garçons ou des filles dans des bars, même un chien. Un mélange d'argot des cités, de verlan, de slang américain et de mots arabes. Il y a trois injures par phrase, des métaphores fulgurantes, des comparaisons que n'aurait même pas osées Michel Audiard. Elle tape sa main sur ses seins pour aussitôt pointer le doigt vers vous. Ce n'est pas une joute verbale, c'est un bombardement au phosphore.

L'autre est resté sans voix, blême, immobile. Aïcha et son patron sont retournés vers l'ascenseur.

— Je sais, je suis virée, a-t-elle dit froidement.

— Pas du tout, a répondu son patron avec calme, je double votre salaire. Et les portes de l'ascenseur se sont refermées dans un glissement.

Ma copine a fait vingt fois le tour du monde. Elle a serré la main de Jeff Bezos, de Roman Abramovitch, même de Donald Trump.

Mon parcours à moi est plus simple. Il a été, je dois l'avouer, assez médiocre durant dix ans. J'ai eu plein d'histoires avec des garçons qui ne menaient jamais nulle part : soit c'est moi qui partais, soit c'est eux qui me quittaient. J'aimais le cinéma mais lui ne m'aimait pas, j'aimais le théâtre mais lui ne m'aimait pas. J'ai fait des milliers de castings pour ne décrocher que des miettes. Je n'étais pas mauvaise mais il devait me manquer quelque chose – pourtant j'ai vu beaucoup de filles nulles y arriver, elles jouent comme des casseroles, on ne comprend même pas les dialogues qu'elles disent tant elles n'articulent pas. — C'est comme ça mon petit, c'est le grand mystère de notre métier, ne cherche pas à comprendre, il n'y a pas d'explication et tu vas te faire du mal, me disait Cochet. J'ai fait des pubs pour des assurances ou des lessives, des petits rôles dans des téléfilms ou au théâtre. Une série aussi, j'y jouais un petit rôle, celui d'une flic à bout. Ça tombait bien, j'étais à bout. Je n'avais pas trop à creuser le personnage. Puis un jour, plus rien. J'appelais mon agence artistique qui me répondait : — On n'a rien en ce moment, Alice, on te rappelle si on voit quelque chose pour toi. Mes cachets s'épuisaient, mon père ne me donnait plus de sous, Aïcha était devenue mon seul sponsor. Elle me faisait un virement par mois. Un jour, j'ai dit que je refusais, elle l'a mal pris : — T'es la rencontre la plus importante de ma vie, sans toi j'en serais pas là. Je gagne plein d'argent, je peux t'aider alors je le fais et tu discutes pas. Réfléchis à ce que tu peux faire. Le cinéma et le théâtre, sérieusement, on s'en fout, non ? C'est dépassé. C'était bien du temps de Brigitte Bardot et de Belmondo. C'est fini tout ça. Ton monde est mort, meuf, réveille-toi.

C'était l'électrochoc. Aïcha avait raison, ça ne marcherait jamais. Je me suis couchée pendant deux jours le temps d'accuser le coup. Cette prise de conscience me donnait le vertige. L'avion allait s'écraser, je sautais dans le vide sans trop savoir si ce que j'avais sur les épaules était un sac à dos ou un parachute. Alice Larjac pouvait-il être un pseudonyme autre que celui d'une actrice ? Une autre Alice Larjac ? Oui… mais qui ? Aïcha avait résumé :

— Tu as couché avec des dizaines de mecs, tu connais toutes les classes sociales, t'as lu des centaines de livres, vu des milliers de films, t'as joué des pièces, visité des expos et voyagé. Maintenant il faut faire quelque chose avec tout ça !

Et le livre de développement personnel est arrivé entre les mains d'Aïcha. J'ai cherché sur Internet, je suis tombée sur l'auteure puis, de lien en lien, sur des podcasts, des vidéos YouTube. C'était une vraie jungle. Un marché de Noël où tout le monde vend la même chose avec quelques variantes, la variante principale étant la personne qui vend le contenu. Un homme ou une femme. Quelqu'un de prétentieux ou de sympathique. Un grand mince ou une petite blonde boulotte. J'ai regardé ça deux nuits de suite sans beaucoup dormir. J'ai pris l'appareil photo qu'avait laissé mon ex-compagnon à notre rupture et que je devais lui renvoyer par la poste – tout comme sa montre. Et je me suis filmée avec. J'ai commencé par un très simple : « Bonjour je m'appelle Alice et je vais vous raconter ma rupture. Pourquoi ça ne marchait pas entre nous, pourquoi je suis partie. » Tous les cours de Cochet sont revenus. Quand j'ai fini, j'ai eu l'impression que c'était ce que j'avais fait de mieux.

Mieux que Marivaux, mieux que le théâtre contemporain, mieux que la télé et les pubs. Mieux que tout.

À 3 heures du matin, je me suis relevée pour regarder, j'avais 15 000 vues et 200 commentaires. Je les ai tous lus. À 14 heures, j'en étais à 87 000 vues et 2 500 commentaires. Je suis allée à la librairie, j'ai acheté vingt livres de développement personnel et trente de sociologie. Je me suis enfermée une semaine, j'ai pris des notes sur plein de cahier, j'ai tenté de recouper tout ce que je lisais avec ma vie, puis de dépasser ma propre expérience pour comprendre celle des autres. J'ai renvoyé l'appareil photo et la montre. Je suis allée m'acheter du matériel et j'ai ouvert ma chaîne YouTube avec une deuxième vidéo : « Si les hommes sont des idiots, les femmes sont des connes. »

Voilà où j'en suis. Aïcha est très fière et m'envoie toujours des commentaires sur mes vidéos, mes parents sont consternés, mais j'ai dépassé ça depuis un bon moment. Bien sûr, je ne m'imagine pas parler à 75 ans des relations hommes/femmes sur un média qui aura remplacé YouTube dans le métavers. Mais je peux juste dire une chose, c'est que je suis en paix.

Je suis heureuse.

À l'instant présent, oui, je suis très heureuse.

Elle est allongée depuis un petit moment déjà, et nous sommes toujours silencieux. Elle joue avec une cigarette blonde, la faisant passer d'un doigt à l'autre de sa main, sans la faire tomber. Je rapproche le cendrier, mais elle ne semble pas décidée à l'allumer.

— Qui est Alice Larjac ?

— L'habitante du rez-de-chaussée.

— Une femme qui change de vie.

— Oui.

— Vous ne photographiez plus. Vous voulez changer de vie, Nathalia ?

— Vous pensez que ce personnage est mon double ?

— Et vous, qu'en pensez-vous ?

Le silence se réinstalle. J'aurais aimé qu'elle me réponde quelque chose, mais rien ne vient. Je suis assis à mon bureau et mes yeux se posent sur ma collection. Je ne collectionne qu'un seul objet, une clef très spéciale, en fer forgé, que l'on nomme passe-partout. Cette clef a la particularité de présenter deux pannetons tête-bêche sur la tige. Il n'y a pas de poignée, un anneau coulissant en forme de cœur fait l'aller-retour d'une extrémité à l'autre. Lorsqu'on le bloque dans l'un ou l'autre des pannetons, il fait office de poignée. Le passe-partout était fabriqué par le compagnon serrurier qui s'était chargé de toutes les serrures de la maison. Le travail fini, il remettait au maître des lieux cette unique clef qui ouvrait toutes les portes. La première fois que j'en ai acheté un, c'était à un petit déballage-brocante à deux pas d'ici. L'objet m'avait amusé par son côté à la fois symbolique – clef-cœur – et par sa parfaite utilité, sa cohérence totale.

— La collection commence à deux, quand on cherche le troisième, m'avait prévenu un antiquaire. Cela m'avait fait sourire. J'ai acheté un deuxième passe-partout presque un an après le premier et effectivement je me suis mis à chercher le troisième.

Depuis lors, j'ai toujours vu dans cette clef particulière le symbole même de mon métier : une clef étrange, agrémentée d'un cœur et qui ouvre des dizaines de portes. Je tiens à ma modeste collection plus encore qu'à mes archives. L'année dernière une très docte association des amis de la serrurerie s'est adressée à moi pour la préface du catalogue d'une rétrospective de petite ferronnerie ancienne. J'ai eu beaucoup de mal à écrire un court texte que je souhaitais instructif et distrayant. C'est maintenant que je me souviens à quel illustre auteur j'ai fait appel pour me venir en aide : j'ai cherché sur YouTube tout ce que je pouvais trouver sur… Sacha Guitry. Son sens de la formule et son goût du bon mot m'ont beaucoup aidé ce jour-là. Je n'ai pas pu, malheureusement, me rendre à l'inauguration de l'exposition sur la ferronnerie. Le même jour, j'étais à Genève pour un congrès sur le refoulement, symptôme du désordre ou bienfait d'une autre paix. J'ai dormi une bonne partie du temps et mon voisin, un analyste suédois, avait depuis longtemps quitté son oreillette de traduction pour une flasque de rhum qu'il me proposait à intervalle régulier. Comme je ne bois pas, c'est dans l'ivresse de l'ennui que j'ai sombré.

Je regarde maintenant mes passe-partout posés dans un ordre défini sur mon bureau. Chaque cœur au centre de la tige, tourné vers la droite. Combien de portes peut ouvrir un passe-partout dans une demeure du XVIIIe, quinze ? Vingt-cinq ? J'en possède neuf. Neuf fois vingt-cinq… Deux cent vingt-cinq portes à ouvrir. Sur mon bureau s'étalent de quoi ouvrir deux cent vingt-cinq portes. Mais ces deux cent vingt-cinq portes n'existent plus depuis longtemps. Les reconstructions, les révolutions et les guerres ont assurément détruit toutes les serrures qui les ouvraient et les portes demeurent imaginaires.

Des clefs inutiles pour ouvrir des portes qui n'existent plus. Voilà ma collection. Mais je ne parlerai pas de cela à Nathalia, c'est elle qui vient chercher une clef et c'est à moi de la lui fournir. C'est comme cela que je vois les choses, c'est comme cela que je les ai toujours vues.

— Ce qui transparaît dans votre récit, Nathalia, c'est votre désir de changer de vie. Vous voudriez que des événements se mettent en place et vous amènent à devenir une autre. Qu'ils vous forcent à faire ce choix. Seulement, contrairement à votre récit, la vie n'est pas régie par une sorte de destin qui distribue les cartes. Dans la réalité, les options sont plus simples.

— Qu'en savez-vous, qu'il n'y a pas un destin qui donne les cartes comme vous dites ?

— C'est une idée romantique, pas réaliste.

— En quoi les options sont plus simples ?

— Exemple d'option simple découlant de votre récit : êtes-vous certaine de vouloir continuer dans la photographie ?

Je laisse un temps de silence avant de poursuivre. Remettre en question le métier du patient est une interrogation délicate, mais souvent utile dans le travail d'introspection. L'analyse n'est qu'introspection. Et je poursuis :

— Êtes-vous sûre qu'il n'y a pas une autre Nathalia qui pourrait vivre une autre vie ? Un peu comme cette femme qui voulait être actrice et finalement se réalise dans le coaching. Avec succès.

Nathalia ne répond rien et je décide de considérer ce silence comme le début d'une réflexion sur elle-même.

Pour une première séance autour de cet exercice des récits, je trouve que notre stratégie d'échange se met en place de façon intéressante. D'une manière détournée, nous arrivons à poser les bonnes questions.

— Voilà, dis-je tandis qu'elle me règle, maintenant il vous faut travailler sur cette idée. Seule, de votre côté.

— Très bien, du vôtre, travaillez sur celle-ci.

Elle me tend un bout de papier sur lequel elle a inscrit un numéro de téléphone.

— Qu'est-ce que c'est ? lui dis-je, intrigué.

— Le numéro de téléphone du site d'Alice Larjac pour prendre rendez-vous pour un coaching. Vous devriez lui parler. Mais de toute façon vous êtes déjà allé sur le Net. Vous savez très bien qu'elle existe.

Je l'ai regardée. Et j'ai vu une fille brillante, étonnante, peut-être aussi givrée que ses yeux. Mais fascinante, imprévisible. Sur sa fiche client, j'ai rayé vérité, mythomanie et mensonge pour écrire la seule définition qui me paraît lui correspondre, j'ai mis beaucoup de temps à la trouver : dangereusement douce.

Les petites manies de mes patients sont étranges, mais en général assez inoffensives. Mon cleptomane m'apportait régulièrement les objets de sa « chine » chez les antiquaires. Il est mort l'année dernière et il me reste deux pièces dont je n'ai pu lui faire avouer la provenance : un joli presse-papier en fer et un briquet à amadou. Dans le cas de Nathalia, le numéro de téléphone sur le papier est une intrusion imprévue dans mon univers. Car il est une tentation. Rien à voir avec un vieux briquet au fond d'un tiroir.

Bien sûr que j'ai vérifié si Alice Larjac existait et j'ai trouvé en quelques clics son site et ses vidéos sur YouTube. Elle ne dit rien de son parcours dans le théâtre, rien sur Jean-Laurent Cochet. Elle connaît plutôt bien la sociologie, elle a beaucoup lu et semble une fille intuitive et maligne. Elle est en effet brune aux cheveux longs et correspond en tout point à la description qu'en a faite Nathalia. J'ai pas mal hésité, puis j'ai composé le numéro. J'ai abouti sur une plateforme avec pour interlocuteur un homme qui m'a donné un rendez-vous téléphonique pour le surlendemain à 16 heures. J'ai souhaité qu'il soit reporté à 18 heures. Il a accepté et m'a demandé de régler le coaching à l'avance via le site. Ce que j'ai fait : 90 euros pour vingt minutes de conversation.

Deux jours plus tard, l'alarme de mon portable a sonné après le départ d'un patient. Je l'ai éteinte, suis allé me servir un Perrier puis me suis rassis dans mon fauteuil et j'ai composé le numéro. Une voix de femme cette fois m'a répondu et m'a dit que j'étais Bruno – le pseudonyme que j'avais utilisé pour m'inscrire –, et que j'allais être mis en contact avec Alice Larjac dans moins d'une minute. Ensuite des nappes de synthé assez kitch ont envahi mon écouteur pour me faire patienter, puis quelqu'un a pris la communication.

— Bonjour Bruno, je suis Alice, merci d'être venu vers moi, en quoi puis-je vous aider, Bruno ?

— Avez-vous une amie qui se nomme Aïcha ?

Un silence. Puis la voix a baissé d'un timbre pour dire :

— Vous connaissez Aïcha ?

— Rassurez-vous, ai-je dit, mon coup de fil n'est pas malveillant. Je ne lui veux aucun mal, ni à vous. Votre question est une réponse pour moi. Le coaching est déjà payé, on s'arrête là.

— Une autre question, rebondit-elle. Qui êtes-vous ?

À mon tour de laisser un silence :

— Je suis un psy. Je travaille avec quelqu'un qui vous connaît.

— Je ne vous demande pas qui c'est, vous ne me le diriez bien sûr pas. Mais c'est intéressant. Rappelez-moi un jour, on confrontera nos approches, nous avons sûrement des choses à échanger.

— Peut-être… Au revoir, Alice.

— Au revoir… Bruno.

Ce que je n'ai pas dit à Alice Larjac, c'est que l'un de ses contenus m'a particulièrement touché : *Tu fais quoi ?*, c'est le titre d'une courte vidéo de huit minutes. Selon elle, on peut mesurer le niveau d'intérêt des personnes qui vous aiment par cette simple question envoyée par SMS. Quelqu'un qui vous aime vous répond très vite. Dans les minutes qui suivent. Tout le monde, désormais, a un téléphone à portée de main, le consulte régulièrement et entend le tintement d'un message. L'autre répond ce qu'il ou elle fait et termine par : « Et toi ? » Plus la réponse à cette question légère et affectueuse tarde, moins vous comptez aux yeux de cette personne.

J'ai envoyé : « Tu fais quoi ? » à ma femme. Puis un autre : « Tu fais quoi ? » à ma fille.

Ma femme a mis quatre heures avant de me répondre : « Je suis au journal, pourquoi ? »

Ma fille m'a répondu le lendemain. Une très sobre suite de trois points d'interrogation.

La deuxième enveloppe est arrivée ce matin. Toujours sans oblitération, ce qui me fait penser que Nathalia ne doit pas habiter très loin. Elle doit glisser son enveloppe dans la boîte à lettres de la porte de mon immeuble. Une société s'occupe désormais de nous distribuer le courrier aux paliers, sort les poubelles et assure l'entretien des escaliers. Il n'y a plus de concierge et l'ancienne loge est devenue un local à vélo, trottinettes électriques et poussettes.

Je l'ouvre en dépliant le rabat. Des pages en traitement de texte, je remets le tout dans l'enveloppe. Je lirai son récit vers 15 h 30, elle a rendez-vous à 16 heures. Pourtant ce n'est pas l'envie qui me manque de savoir dans quelle vie elle s'est glissée ? Mais j'ai quelques paperasses à liquider avant mon premier rendez-vous de l'après-midi : ma jeune fille anorexique de 14 heures, qui daigne enfin manger des carottes râpées. Nous avons beaucoup travaillé sur la couleur orange que nous sommes arrivés à définir comme essentiellement positive et amicale.

Le téléphone sonne et je décroche. C'est Catherine, ma fille. Bien évidemment, elle voulait parler à sa mère qui est injoignable au journal et dont le portable est sur messagerie. Elle n'évoque même pas mon : « Tu fais quoi ? » J'ai très vite la certitude qu'elle s'ennuie avec moi au téléphone et qu'elle souhaite arrêter la conversation au plus vite. C'est vrai, c'est sa mère qu'elle cherchait ici, pas moi. J'ai envie de lui dire :

— Tu sais, il y a une fille un peu plus âgée que toi que je soigne, elle est très belle, très brillante, elle m'apprécie beaucoup, elle m'écrit des histoires et moi je les décrypte. Mais jamais je ne lui dirais tout ça.

Pour elle, je ne suis qu'un médecin qui ne prescrit aucun médicament. Un père jonglant avec des concepts fumeux et des textes abscons dans le but de soigner des hommes paumés et des femmes hystériques.

Ma pauvre petite Cathy, si tu savais.

Avant. Ce fameux avant. Oui avant, Catherine a été une adorable petite fille, je me souviens qu'elle aimait particulièrement le bureau avec son divan. C'était, et c'est toujours la pièce la plus silencieuse de l'appartement. Elle aimait s'allonger à plat ventre sur le divan pour y faire des coloriages ou des dessins aux feutres avec une application qui me surprenait, parfois même m'inquiétait un peu. Je lui disais :

— Tu es sûre que tu t'amuses ?

— Oui, répondait-elle. Ce « oui », ce même « oui » distinct et sans appel de Nathalia.

Puis vinrent ses premiers devoirs d'écolière ; elle s'appliquait à faire des A, des B, des C, tous bien calligraphiés, des pages entières de lettres, pendant que j'ajoutais des notes personnelles dans les dossiers de mes patients après les avoir écoutés toute la journée.

A… A… A… a… a

Légère augmentation de la névrose ce jour. Tendance à l'abattement.

Diminution des tics. S'est fixé le projet d'un voyage (peu crédible).

B… B… B… b… b

Arrêt de travail pour deux mois. Psychose.

C… C… C… c… c

Entre dans un stade de dénigrement proche de l'autocritique.

Parfois je la prenais sur mes genoux et alors elle jouait avec les objets posés sur mon bureau, notamment les passe-partout, qui n'étaient pas si nombreux. En ce temps-là, je devais n'en avoir que trois ou quatre. Elle manipulait adroitement le cœur en fer, le faisant passer d'un bout à l'autre de la clef, parfois elle la cachait dans son dos et je devais deviner : quelle main ? Puis vers 12-13 ans, Catherine a commencé à se rapprocher de sa mère et le processus n'a fait qu'augmenter avec les années. Aboutissant à cette sourde indifférence qui rythme nos week-ends quand elle daigne en passer avec nous.

Je me souviens d'un Noël, Catherine devait avoir 22 ou 23 ans, je l'avais accompagnée au garage pour régler un problème administratif concernant l'assurance de son scooter. En ressortant, nous sommes passés devant un dépôt-vente ; dans la vitrine, il y avait, noyé dans un fatras d'objets hétéroclites, un passe-partout XVIIIe à cœur.

— C'est ta clef, avait dit Catherine.

Nous étions entrés. La clef valait 45 euros. Une somme dérisoire pour la qualité de l'objet. Ayant cru voir un signe entre ma fille et le vendeur, j'avais alors dit que je souhaitais réfléchir – persuadé que Catherine s'était entendue avec lui et qu'elle repasserait plus tard pour me l'offrir à Noël.

Je m'étais trompé, je suis allé l'acheter tout seul en janvier – je n'ai même pas négocié le prix.

Premier étage

Je m'appelle Alban, j'ai toujours été gros. Certains disent pudiquement qu'ils sont enveloppés, moi je suis gros et je le dis. Enfant déjà, j'avais l'air d'une boule. Je me souviens de ma classe, c'est drôle les classes de mômes. On retrouve toujours les mêmes cas typiques. Comme si les vingt-cinq élèves qui la constituent devaient tous remplir un rôle. Chacun correspond à un cliché. Même à l'armée ça continue : prenez une compagnie, vous retrouverez les mêmes tronches que dans votre classe d'enfant.

Il y a le premier. En général, il est blond, il a le teint pâle, il ne parle pas beaucoup, on ne l'aime pas mais on le respecte. Il y a le cancre, il est entouré d'autres cancres, la médiocrité crée le lien. Le cancre est drôle et amuse les petites filles qui le regardent avec pitié. Le premier, lui, n'est jamais vraiment ami avec le second ou le troisième, allez savoir pourquoi. Il y a le timide, il est souvent mince et ne parle jamais à personne. Il y a le débile, il est toujours moche, met ses doigts dans son nez, répond à côté des questions, ricane tout seul.

Il y a le grand, il est toujours très con et un peu tout fou. On l'aime bien, comme un chien qui aurait une case en moins mais qui joue bien au ballon ; d'ailleurs les grands adorent le football. Il y a le sportif, c'est celui qui pousse des hurlements en arrivant dans la cour de récréation. Il court dans tous les sens jusqu'à l'épuisement, il joue au ballon avec le grand. Il y a le rêveur, il passe son temps à regarder par la fenêtre ou à observer son pupitre comme s'il y lisait des trucs visibles de lui seul.

Pour les petites filles, c'est plus simple à départager. Il y a la première de la classe, avec ses tresses bien lisses, son regard de poupée de porcelaine et sa voix bien posée quand elle fait la lecture. Elle a toujours des 18 ou des 19 sur 20. C'est une sorte de monstre d'intelligence, totalement incompréhensible pour les autres ; elle est la fierté de la maîtresse et n'entretient aucune relation avec le garçon premier de la classe. Après, il y a celles qui sont jolies et celles qui sont moches. Dans ces deux catégories, l'éventail est large. Il y en a une qui est franchement à tomber par terre et une qui est vraiment affreuse. Celle qui est belle est une sorte d'ange, un ange qui travaille normalement, elle n'est ni meilleure ni plus nulle que les autres, elle est belle – tout simplement belle. Elle est la première rencontre des garçons avec la beauté féminine ; la petite fille de la classe, celle qui est jolie. Je pense d'ailleurs que la plupart la recherchent ensuite inconsciemment toute leur vie. La moche ressemble à un zéro de conduite, à un pâté d'encre sur une belle dictée, à un gratin de courgettes froid servi au réfectoire.

Des années plus tard, on apprendra son mariage et on se demandera comment un type peut passer une nuit avec elle, et le reste de sa vie. À quoi peut bien ressembler ce kamikaze ?

Dans mon énumération, j'ai oublié une des figures emblématiques de ce petit microcosme : le gros !

Le gros, c'était moi.

Il y a toujours un gros partout : dans les classes d'enfants, dans les bureaux, dans les cocktails, dans les régiments, autour des piscines, dans un téléphérique, au restaurant, dans un wagon de train, sur le pont d'un bateau de croisière, en boîte, chez des amis, dans une ville, sur un continent, sur la mer ou dans les airs, il y a toujours un gros. Nous sommes partout, toujours présents, nous avons toujours été là, et nous serons toujours là. Nous sommes la mascotte du genre humain.

Uniquement du genre humain. Prenez un troupeau de vaches, est-ce qu'il y a une vache plus grosse que les autres ? Non. Pareil pour une meute de loups, vous avez déjà vu une meute avec un loup trois fois plus gros que les autres ? Pareil pour une portée de chats, une bande de buffles, une cage à perroquets, une ruche, une fourmilière. Je vous amuse avec mes obsessions visuelles et ma description des clichés de groupe, mais c'est une déformation professionnelle. Je suis dessinateur. « Dessinateur-humoriste », comme dit mon agent. J'ai une page chaque semaine dans un hebdomadaire très connu : « La semaine de M. Martin ».

M. Martin est un personnage de mon invention, il est un peu enveloppé lui aussi et réagit aux événements qui se sont produits : ça va de l'augmentation des impôts au dernier discours du chef de l'État, de la mort d'un chanteur à une déclaration de guerre. Il est toujours accompagné de son teckel qui a tout le temps la goutte au nez. Le chien n'a pas de nom. Je serais bien incapable de dire pourquoi j'ai dessiné ce chien un jour. Je n'ai jamais eu de teckel ni d'animaux de compagnie.

Durant le premier confinement mon compte Instagram a explosé, les gens étaient enfermés chez eux et ils me demandaient de faire des dessins. J'en faisais un par jour et le postais tous les soirs à la même heure. Les messages et les émoticônes s'affichaient par centaines chaque seconde dans mon smartphone.

En général, M. Martin réagit à quatre ou cinq faits marquants de l'actualité. Martin, c'est vous, c'est moi, c'est nous tous. J'ai d'ailleurs choisi son nom car c'est le plus porté en France, loin devant Dupont, Durand et Moreau. Le M. qui le précède est anonyme lui aussi, on ne sait s'il s'agit de l'abréviation de monsieur ou si c'est la première lettre de son prénom. Les vrais mordus, qui se sont regroupés dans des sites internet qui lui sont consacrés, prononcent : « ém Martin ». Moi, j'ai toujours dit Martin, et l'engouement qu'il provoque me dépasse. Récemment à l'Assemblée, Jean-Luc Mélenchon a dit au ministre de l'Économie qu'en l'écoutant, il se croyait dans la semaine de monsieur Martin et qu'on se demandait où était le teckel !

Mon petit personnage a tellement de succès que mon agent m'a poussé à faire des albums. Le premier était un *best of* des semaines et le second le début d'une série qui s'appelle *M. Martin au quotidien.* Je n'étais pas très chaud pour plonger mon héros dans les situations de la vie courante, mais l'album s'est tellement bien vendu que j'en suis à *M. Martin au quotidien 4.*

Mon éditeur voit déjà une série semblable aux mythiques *Frustrés* de Claire Bretécher ou au *Chat* de Geluck. Moi, je n'avais pas trop envie de décliner ça jusqu'à plus soif, mais mon agent m'a dit : « Putain mec, Alban, c'est de l'or en barre ! C'est la chance de notre vie ton bonhomme avec son clebs ! » Mon agent s'appelle Sam. Il a un bagout que je n'aurai jamais et qui donne le tournis aux éditeurs et aux patrons de presse. Ils lui cèdent tout.

Je vis en reclus dans mon appartement. Ma femme est partie il y a cinq ans, juste au moment où M. Martin avait du succès. Ma femme aussi était... J'allais dire grosse, non, elle était enveloppée, voilà, ce terme lui correspondait bien, à elle. En fait, elle ressemblait à un Renoir. Renoir dernière période, quand la chair est trop rose, la bouche trop rouge, les traits du visage un peu brouillés, un peu flous. C'est vrai que le maître avait les mains paralysées par les rhumatismes. C'était ça ma femme, un Renoir tardif. Cela me désolait d'ailleurs. Parce qu'en fait, je n'aime que les filles minces. Les grandes blondes très minces. Celles qui vont se faire bronzer dans le Midi, qui ont la peau toute dorée et salée, des petits seins en pointe sur lesquels retombent leurs cheveux qui se sont éclaircis à l'eau de mer. C'est ça mon type de femme. Le problème c'est que je ne suis pas leur type d'homme. Ce n'est pas très *féministe* ni *politiquement correct* tout ça, n'est-ce pas ? Si Sam était là, il s'écrirait : « Putain mec, t'envoies ces lignes à personne ! Si tu sors des conneries pareilles dans une interview, je vais faire une crise cardiaque, t'auras la mort de ton pote sur la conscience ! »

Cette après-midi-là, je me promenais dans les jardins du Luxembourg, on était à la mi-juillet et la chaleur lourde et moite des étés parisiens avait envahi les rues. J'avais fini les premiers dessins de ma planche hebdomadaire et attendais les dernières infos sur BFM pour la terminer. J'hésitais entre le tour de France, la dernière provocation d'un polémiste à la télé et un scandale financier qui ne m'inspirait guère. J'étais donc sorti me changer les idées. Mon tee-shirt XXXL me collait à la peau et je ruisselais. Autour de moi, dans les jardins, les hommes se faisaient rôtir torse nu. J'en aurais bien fait autant, mais ça m'aurait vite fait ressembler à une baleine échouée près d'une pièce d'eau. La chaleur était insupportable. Je me disais qu'il faudrait climatiser toute la ville, cela pourrait d'ailleurs faire l'objet du dernier dessin de ma planche. M. Martin se promènerait dans un Paris climatisé en plein mois de juillet, puis se mettrait à râler contre le gouvernement qui lui a retiré le soleil ou un truc dans ce genre. Et le teckel n'aurait plus la goutte au nez. Exténué, j'allai m'asseoir à la buvette du jardin. À cet instant, je ne me doutais pas que ce simple acte allait changer ma vie.

Le garçon m'apporta un Get 27 glacé qui, durant quelques minutes, ramena mon corps à une température normale. J'avais l'impression d'être une Cocotte-Minute sous pression. L'effet du Get ne tarda pas à se dissiper et j'en commandai un autre. C'est à ce moment qu'elle s'assit : grande, blonde, mince, très jolie, bronzée. Elle était vêtue d'un ensemble blanc boutonné sur le devant et portait des tennis bleu ciel. Curieusement, sa silhouette m'évoquait quelque chose. Comment s'appelait-elle cette fille, l'été dernier ? Jenny, oui, c'est ça, je l'avais rencontrée chez Sam à Saint-Tropez : ma femme amène une copine nympho, tu vas pouvoir t'amuser ! J'avais trouvé cela un peu exagéré de sa part. Cela revenait à dire qu'une jolie fille ne pouvait s'intéresser à moi que si elle était complètement détraquée. Je la regardai attentivement, non… Ce n'était pas Jenny. Son visage me sauta à la figure comme le pschitt de l'ouverture d'une canette de Coca-Cola trop secouée. C'était Vanessa. Vanessa…

Vanessa… Vanessa Valière. Voilà !

On était ensemble au lycée, quelle classe déjà ? Première, terminale. Non, elle n'était pas là pour le bac. Seconde et première. Deux ans, deux ans à la regarder, qu'est-ce qu'elle était belle. Elle est toujours aussi belle. Elle me faisait du charme pour que je lui rédige ses dissertations sur Montaigne – ce que je faisais. Je n'étais pas dupe, je savais que tous ses sourires et ses mouvements de cheveux n'étaient pas pour moi, mais pour la bonne note qui s'ensuivrait.

Les hommes sont très lâches. Ils préfèrent avoir à leur côté une jolie poupée qui fait semblant de les allumer que d'être tout seuls. Ça les flatte ; ils ont de l'imagination, durant quelques secondes ils pensent que c'est pour eux et ça les met en joie pour la journée. Quant aux filles, à cet âge, elles adorent tester leurs charmes sur des types faibles qu'elles n'aiment pas. Ce n'est pas dangereux et ça les rassure. Je me souviens aussi de ce type qui venait l'attendre à la sortie. Il était grand, mince, très chic, un peu plus âgé que nous. Il avait une moto-cross. Je me souviens de ce jour où elle s'est mise à courir vers lui sur le trottoir pour se jeter dans ses bras. Vision superbe. Superbement horrifiante. Le type mince avec sa moto. Le gros avec sa barre de Bounty à la main. La lutte impossible. Le combat perdu d'avance. L'alpha. L'oméga.

Elle semble chercher quelqu'un du regard, j'ai presque envie de me lever et d'aller lui dire bonjour. Je lui raconterais ce que je suis devenu, que M. Martin c'est moi. Elle pousserait un grand cri en ajoutant : « C'est génial ! Alban, c'est toi ! J'y crois pas ! » Je sais comment ça se passe, j'ai l'habitude de me faire mousser avec ce truc-là. Mais maintenant je suis pris d'une angoisse, parce que je sais ce qui va se passer, je le sens pour être plus précis : un grand type mince va arriver, c'est lui qu'elle attend. Par sa seule minceur, sa seule ligne, sa seule fluidité, il va dissoudre tous mes rêves fragiles. Comme lorsque j'avais 16 ans, ça va recommencer. C'est un cauchemar dont je n'arrive pas à me réveiller.

Le voilà, il arrive, elle sourit. Il est grand, il est mince, blond, très élégant, très beau. Presque trop, presque un peu pédé. On dirait David Bowie dans *Absolute Beginners*... Non, plutôt dans le clip de *Let's Dance*, quand il joue le patron autoritaire sapé en Versace qui engueule le petit ouvrier brésilien. C'est ça, c'est le même. Il y a vraiment des hommes qui sont faits dans le même moule. Les blonds stylés à la Bowie, les petits bruns à la Sarkozy, les grisonnants-blancs à la George Clooney, les gros comme moi. Elle doit aimer les premiers. Ça doit être ça son type.

Ça me rend malade. Je me recommande un Get 27.

De retour chez moi, je gribouille la fin de ma planche sur cette histoire de ville climatisée. C'est pas terrible, mais je n'ai pas envie d'écouter les infos et surtout je n'ai plus la tête à ça. La nuit j'ai fait des rêves idiots dont je n'arrivais même plus à me rappeler le matin et puis cette chaleur étouffante, j'ai tout essayé : sur les couvertures, sans les couvertures, entre les draps, sans les draps, par terre, avec le ventilo, la fenêtre ouverte. Rien à faire. La chaleur était partout, elle était en moi. J'avais l'impression que mon corps s'était gorgé de soleil et qu'il ne pourrait jamais recouvrer une température normale. Le matin, je me fais un café glacé, puis je vais scanner ma planche pour l'envoyer à la rédaction.

Vanessa Valière. Je tape ça sur le Net et vais sur Google Image. Rien. LinkedIn. Facebook. C'est sur Instagram que je la retrouve et son compte est accessible au public : Vanessa Valière @Vanouval.

Je la vois dans un quartier. Le bistrot revient souvent. Il y a aussi des photos d'elle aux Seychelles – jamais de mec dessus. Pas d'enfants non plus. Mon portable sonne et les images disparaissent d'un coup pour voir un nom sur l'écran : Sam.

— Qu'est-ce que tu fais ? Tu penses à notre album ? Faut le rendre dans les délais pour sortir en septembre.

Sam, bien sûr, ne s'annonce jamais, va toujours à l'essentiel.

Je lui réponds que je cherche l'adresse d'une fille sur le Net. Et que je ne la trouve pas.

— C'est qui, cette meuf ?

— Une meuf.

— Elle a un nom, cette meuf ?

— Oui, évidemment qu'elle a un nom. J'ai son boulot, son Facebook, son Instagram, tout, mais son adresse privée, impossible.

— Je vais te la trouver. Envoie son nom, son job et son Insta.

Quinze minutes plus tard, mon portable sonne.

— 18, rue de la Pentille, dans le 15e, fait Sam.

— Comment t'as fait ? C'est nulle part sur le web.

— J'ai appelé à son job, j'ai dit que j'étais un livreur Amazon. Que j'étais en bas de chez elle, que je ne pouvais pas entrer et qu'elle ne répondait pas sur son 06.

— Et ils t'ont cru ?

— Mais putain mec, évidemment qu'ils m'ont cru ! Ils m'ont dit : « À son domicile ? Au 18, rue de la Pentille ? » les gens sont cons, Alban. Allez, bosse maintenant.

Je suis installé dans ce bistrot depuis bientôt deux heures. De la terrasse, j'aperçois l'entrée de son immeuble. Je suis sûr qu'elle ne devrait pas tarder, la sortie des bureaux a eu lieu. Elle a un gros poste dans un « cabinet de conseil en stratégie et communication ». Encore un de ces trucs vaseux pour abuser des patrons riches et leur soutirer des fortunes en échange de deux ou trois recommandations de bon sens.

La voilà. Elle arrive au coin de la rue et marche d'un pas pressé, un smartphone collé à l'oreille. Elle rit, elle va passer devant moi :

— Au Luna's ce soir ? dit-elle… Bof… Bon, d'accord… Hi hi hi.

Voilà, elle est passée, elle tape un code, pousse la porte. C'est fini. Non, ce n'est pas fini, ce n'est que le début.

Décidément, je passe ma journée devant un verre à attendre. J'ai horreur des boîtes et des bars branchés. Je regarde l'énorme lune dorée qui trône au centre du restaurant, sous la mezzanine-bar. Autour de moi, tout le monde a le sourire et ce bonheur m'énerve, cette insouciance, ce fric, ces filles. Ils sont tous beaux, branchés, heureux. J'ai envie de les redessiner, de leur donner la tête du teckel de Martin, avec sa goutte au nez. Dans un coin, à la table la plus bruyante, j'aperçois le célèbre présentateur d'une émission que la France – ou du moins une partie – regarde tous les soirs. Il est entouré de tout un tas de monde, ça jacasse et ça rit très fort. Pourvu qu'il ne me voie pas ; ça fait des semaines qu'il tanne Sam pour que je vienne à son émission. J'ai horreur des interviews, ça me fout la trouille et je suis mauvais.

Raté. Il m'a vu et me fait de grands signes. Comme je ne viens pas le voir, il se lève et s'approche de moi. — Comment tu vas ? fait-il dans un sourire. Sam t'a dit pour l'émission ? J'attends ta réponse, ce serait génial et le public pourrait te découvrir. — On verra, lui dis-je d'un air blasé. — T'attends quelqu'un ? Viens l'attendre avec nous, elle est jolie ? ajoute-t-il en se marrant. Je lui réponds juste que j'allais partir. Il a l'air déçu, puis se ressaisit tout de suite : — Comme tu veux, en tout cas t'es le bienvenu à notre table et encore plus à mon émission, *ciao* Alban. Il me tape dans le dos et retourne à sa table.

Je me recommande un Get 27 et me laisse bercer par le tempo hypnotique du DJ quand une blondeur svelte entre dans mon champ optique : Vanessa. Elle arrive avec des amis : deux filles, deux hommes. Le David Bowie n'est pas là. Eux aussi se marrent, eux aussi ont l'air joyeux, ils devraient aller à la table de la star de la télé et toute cette farce finirait dans un grand éclat de rire. Mes Get 27 me montent à la tête, je ne sais plus du tout ce que je fous là. Maintenant je me fiche de tout, je vais me laisser porter par les événements.

— Suivez cette voiture.

Le chauffeur de taxi me regarde d'un air amusé. La soirée s'était prolongée tard, Vanessa avait été copieusement draguée par un des mecs, le blond – décidément –, et maintenant elle était dans la voiture avec lui. En me penchant vers mon chauffeur, je pouvais apercevoir leurs silhouettes entre les lumières des phares. Elle l'embrasse. Je suis sûr qu'elle va chez elle.

Mon taxi s'arrête en haut de la rue. Je les vois qui descendent, j'entends des rires. Elle l'embrasse à nouveau, leurs silhouettes titubent doucement devant l'entrée de l'immeuble puis elle pousse la porte.

Je descends de mon taxi et marche jusqu'à la façade, une lumière va certainement s'allumer. Voilà, deuxième étage. Ils vont s'aimer toute la nuit et moi, je suis debout dans la rue. Quelque chose monte en moi, comme un bulldozer poussé à plein régime dans une petite côte. Ce n'est pas la haine, non, c'est l'injustice.

Ce devrait être moi dans cet appartement avec elle, moi derrière les voilages lumineux, moi dans le canapé, moi dans le lit. Je suis à côté de la vie. Je marche sur la bande d'arrêt d'urgence de la vie. Et cela depuis trop longtemps.

J'ai envie de mourir, là, tout de suite. J'ai envie que tout s'arrête, j'ai envie de me tuer.

En marchant dans les rues, le petit vent frais de la nuit transforme mes envies de suicide en envie de revanche. La revanche. Je vais prendre ma revanche et me tuer en même temps. Faire d'une pierre deux coups. Puisqu'elle aime les grands blonds-minces-élégants, il ne me reste plus qu'une solution. Au lieu de me tuer, je vais tuer l'autre. Le gros qui est en moi, celui-là même qui m'empoisonne la vie depuis toujours. Et tout en marchant, j'ai l'impression qu'il n'est déjà plus là. Mentalement je me vois mince, svelte. Le processus est irréversible. Je ne serai plus gros.

Je ne le suis déjà plus.

Le docteur Sirup avait la soixantaine, maigrichon, les cheveux blancs en brosse et des petites lunettes en acier. Son physique contrastait avec son nom, qui inspirait plutôt des visions de guimauves et de loukoums suintant de sucre candy. Il était rassurant, son côté sec et ses cheveux drus lui donnaient l'aspect d'un remède à lui tout seul. Après une heure et demie de consultation, je repartais avec une ordonnance longue comme un ticket de Monoprix un jour de courses pour le mois. J'avais refusé d'entrer en clinique, l'idée de me retrouver avec d'autres gros dans des lits d'hôpitaux me soulevait le cœur et de toute façon mes dessins ont des impératifs très précis.

Fini mes apéritifs porto-Bounty. Fini les nems à l'huile de chez Ming. Fini les T-bones de Marcel. Fini les jus de fruits au sucre de canne, les cafés sucrés du matin, les Coca-Cola, les glaces, les sorbets, les fruits confits... J'allais désormais fonctionner à deux bouillies infectes par jour, un steak épais comme du papier à cigarettes, une noix de beurre, une pomme, un abricot, une clémentine, un fenouil, six séries de trois pilules à prendre avec un verre d'eau toutes les trois heures. Huit ampoules, deux sachets de poudre jaune, des barres toniques à croquer, un stimulant cardiaque, un anti-fatigue, deux décontractants musculaires, un somnifère, des vitamines effervescentes, un anxiolytique. J'étais allé à la pharmacie chercher l'indispensable outil de cette opération commando que j'effectuais sur moi-même : la balance.

— C'est un modèle suédois, très précis, très ergonomique, elle va jusqu'à 300 kilos, avait cru bon d'ajouter le pharmacien. Je n'allais pas sortir de chez moi, ni voir mes amis avant plusieurs mois.

Vendredi 11 août.

J'ai commencé mon régime il y a maintenant quatre semaines et un jour. Le remède du docteur Sirup porte ses fruits. J'ai perdu 11 kilos. Il me dit de faire attention à la phase d'accélération. J'ai eu Sam au téléphone et mon éditeur – ils m'invitaient à une soirée, j'ai refusé, je reste cloîtré. La planche du magazine a été très appréciée. Rien d'autre.

Lundi 16 septembre.

La phase d'accélération, comme dit Sirup, a bien eu lieu. Je suis allé le voir six fois depuis le début. Il est satisfait. Il me dit que je pourrai bientôt commencer les séances de musculation. C'est hallucinant ce que j'ai perdu ! Je flotte dans toutes mes affaires, j'ai été obligé d'aller chez Levi's chercher un nouveau jean. Quand je contemple mes anciens vêtements, dont certains ont plus de quinze ans, j'ai l'impression d'habiter chez quelqu'un d'autre.

Mardi 10 octobre.

J'ai commencé la musculation dans une salle de gym depuis dix jours, c'est épuisant. Mais très impressionnant. Mon corps se modifie totalement. Un coach est là pour s'occuper spécialement des types comme moi, pendant que les autres se musclent juste pour le plaisir.

Jeudi 12 novembre.

Sirup est très satisfait du résultat. « Pas autant que moi », lui ai-je répondu. L'envie de manger des nourritures riches m'a complètement quitté. Je m'alimente un peu plus qu'au début, et j'ai changé de médicaments. Je suis devenu très copain avec Stéphane, un gay qui se muscle comme un fou pour plaire à son copain.

Lundi 16 décembre.

La balance indique aujourd'hui que j'ai perdu 42 kilos. Elle a un système de mémoire intégré. Encore dix, encore un peu de musculation et je serai parfait.

J'ai invité Stéphane à prendre un verre chez moi. Comme je ne vois plus personne pour l'instant, ça m'a distrait. Il est très gentil. Lui aussi lit *La Semaine de M. Martin*, il était ravi de me connaître ; je lui ai donné une planche originale et dédicacée. Sam me laisse des messages, il est inquiet de ne pas me voir, je l'ai rassuré. De toute façon tant que les dessins continuent d'arriver à la rédaction et qu'ils sont drôles, ça prouve que je ne suis pas si mal que ça.

Mardi 2 janvier.

Voilà, c'est fini. Sirup veut me revoir dans les mois à venir pour le suivi médical. Il m'a lu un rapport complexe sur mes examens sanguins et cardiaques, il en résulte que tout va bien. Je suis rentré à la maison après. Stéphane a disparu de la salle de musculation, nous avions omis d'échanger nos portables. Peut-être que je ne le reverrai jamais. Je vais jeter ce journal à la poubelle. Il ne m'appartient plus. C'est l'histoire d'un autre.

Maintenant je me regarde dans la glace de la salle de bains.

Grand, je ne me savais pas aussi grand, mince, svelte, étonnement musclé. Je peux désormais m'occuper du cas Vanessa. Il faut néanmoins modifier un dernier détail : l'apparence.

Veste gris perle : 2 500 euros.

Jean Levi's 501 : 130 euros.

Chaussures noires à lacets : 400 euros.

Chemise blanche : 220 euros.

Boutons de manchettes vénitiens : 140 euros.

Coiffeur, shampooing + coupe + rinçage blond + brushing : 180 euros.

Rolex Oyster perpetual acier à la place de ma Swatch verte : 5 700 euros.

Je n'ai jamais claqué autant de fric en une seule après-midi. C'est là que je me rends compte que je n'ai jamais rien dépensé pour moi. La politesse et le respect qu'inspire ma minceur toute nouvelle me fascinent. Quand je suis entré chez Rolex, avec mon complet gris, ma coupe de cheveux impeccable et ma ligne sportive, j'ai immédiatement imposé le respect. Si j'avais poussé la porte d'une telle boutique il y a six mois, avec mon jean élimé, mon tee-shirt et mon tour de taille de montgolfière, je suis sûr qu'on m'aurait fait poireauter au moins vingt minutes avant de s'occuper de moi

Maintenant, j'ai changé de camp.

Je me suis assis à la terrasse du bistrot. Il fait froid et un vent sec me picote le visage. La dernière fois que j'étais là, j'étais gros et le bitume fondait. Six mois. Je commande un Perrier. Vanessa devrait bientôt arriver au coin de la rue. Je vais l'interpeller : — Bonjour, pardonnez-moi, vous êtes Vanessa, Vanessa Valière ? — Je suis Alban Charvier, on était en classe ensemble… — Alban… Mais… mais c'est pas possible… Elle sera bouleversée, elle ne me reconnaîtra pas, je lui ferai le coup du mec qui a réussi, de la planche quotidienne en passe de devenir culte. *M. Martin au quotidien 5* doit sortir bientôt, Sam m'inonde de messages, il veut absolument me voir demain. Il ne va pas être déçu.

Elle est peut-être rentrée juste avant que j'arrive au bistrot. Cette idée me tourmente depuis une bonne demi-heure. Elle est chez elle et moi comme un con à cette terrasse. Peut-être qu'elle ne sort pas ce soir. Je pourrais revenir demain, mais je n'y tiens plus, je vais aller sonner chez elle. Je lui dirai que je l'ai vue rentrer dans cet immeuble, je me sens capable de tout, ma minceur et mon élégance me donnent toutes les audaces.

Devant le code de l'immeuble, je sèche. J'avais oublié ce paramètre. Heureusement, un bouton « gardien » vient me sauver. Une petite dame aux cheveux gris vient m'ouvrir.

— Vous désirez ? me dit-elle.

— Je viens voir Mlle Valière, et… c'est idiot, j'ai oublié le code, lui dis-je en prenant mon sourire le plus charmeur.

— Mais… Elle n'habite plus ici, Mlle Valière, me répond la petite dame aux cheveux gris.

Je la regarde fixement, durant quelques secondes j'entends ma respiration et le battement du sang dans mes tempes.

— Pardon ? dis-je dans un souffle.

— Elle est partie… Il y a cinq mois de cela, elle s'est mariée au Brésil. Elle m'avait dit qu'elle m'enverrait sa nouvelle adresse, mais je n'ai rien reçu.

— Mais, c'est pas possible. C'est pas possible… C'est pas possible… Je répète ça comme un taré, comme un fou, comme un 45 tours rayé.

— Mais si, monsieur, ajoute-t-elle. Elle n'est plus là…

Je frappe la pierre de l'immeuble avec la paume de ma main et je me mets à sangloter nerveusement.

— Voyons, monsieur, faut pas vous mettre dans des états pareils ! C'est vrai qu'elle était jolie Mlle Valière, mais vous en trouverez d'autres… Beau garçon comme vous êtes.

Je lève vers elle des yeux pleins de larmes. La petite dame aux cheveux gris me regarde avec douceur.

Un mois plus tard, j'ai rencontré Patricia sur le plateau du célèbre présentateur qui anime l'émission que la France entière regarde et à laquelle j'ai fini par me rendre. Elle est maquilleuse. Elle n'est pas si mince que ça, ni blonde ni grande. Elle est douce, elle est drôle et je l'adore. Nous sommes très amoureux.

— Vous avez appelé Alice Larjac ? me dit-elle.
— Peut-être, peut-être pas. Vous êtes déçue ?
— De quoi ?
— Que peut-être je ne l'ai pas appelée.
— Non, parce que je ne vous crois pas.

Cette nuit, j'ai fait un rêve étrange. Je me trouvais dans un couloir dont je ne pouvais définir ni la taille ni la longueur.

Devant une lourde porte, je m'apercevais que je ne possédais aucune clef pour l'ouvrir. Et plus le temps passait, plus la nécessité d'ouvrir la porte devenait grande. Je fouillais mes poches. Rien. Je n'avais pas la clef et pourtant dans mon rêve j'étais censé l'avoir.

À un moment je me suis retourné ; à l'autre bout du couloir, loin de moi, j'apercevais Nathalia. Elle tenait dans ses mains ma collection de clefs. Mes yeux, alors, se posèrent sur la porte : elle était entrouverte. Je la poussai et je me retrouvai face à un désert d'une infinie beauté ; tout était silencieux. Devant moi, il y avait une oasis pleine de plantes grasses et j'entendais le roucoulement d'une eau pure. L'allée qui menait vers l'eau fraîche était gardée par des chiens couchés, tous à quelques mètres les uns des autres, les museaux tendus, comme des gardiens tranquilles. Je me suis réveillé.

Durant toute la matinée j'ai joué mentalement avec les trois mots : clef, porte, femme. Je suis arrivé à : femme-porte-clefs. Mais qu'est-ce qu'une femme porte-clefs ? D'où viennent cette oasis et ses chiens bienveillants ? La psychanalyse a ses jeux de mots – elle a aussi ses impasses.

— Pourquoi faut-il « croire », Nathalia ? Ou encore : que faut-il croire ?

— Moi, c'est moi qu'il faut croire.

— Vous ?

— Oui.

— J'aime la façon dont vous dites oui, les déprimés disent rarement oui avec cette intonation.

Je reste silencieux. Je la regarde. Il se produit un phénomène curieux avec Nathalia : j'oublie les traits de son visage dès qu'elle a quitté la pièce. Lorsque j'essaye de repenser à elle les jours suivants, l'image qui m'apparaît est brouillée, comme si elle se trouvait derrière une glace dépolie ; je ne vois plus que du flou, une aura. Hier soir, j'ai fait part de ce phénomène à ma femme et sa réponse m'a pour le moins déconcerté :

— Peut-être qu'elle n'existe pas.

— Qu'est-ce que tu veux dire ? lui ai-je répondu.

— Je ne sais pas, a-t-elle murmuré, puis elle s'est endormie.

J'ai mis plusieurs heures avant de trouver le sommeil, remuant dans ma tête la phrase énigmatique. Elle n'existe pas. L'absurdité de cette phrase finissait par m'amuser ; j'imaginais Nathalia comme un ange, un elfe, un ectoplasme sorti d'on ne sait où. De ma tête, de toute évidence, c'était la seule issue logique à la phrase, cela voudrait alors dire que je perds la raison. Or je suis parfaitement lucide et les billets que me tend Nathalia sont bien réels.

Je me penche légèrement sans qu'elle s'en aperçoive, je vois ses cils qui recouvrent ses yeux bleus, son teint pâle et la parfaite régularité de ses traits. Comment puis-je oublier le visage d'une aussi jolie jeune femme ?

— Étiez-vous amoureuse durant l'adolescence ?

— Oui.

— D'un garçon qui ne vous regardait pas ?

— Oui, mais je l'ai retrouvé depuis et j'ai eu une liaison avec lui.

— Parce que vous l'aimiez encore ?

— Non. Pour me venger.

— Poursuivez.

— Pour faire ce qui aurait dû avoir lieu à l'époque.

— Pour remettre les choses à leur place ?

— Exactement.

— Que se passe-t-il si les choses ne sont pas à leur place ?

— Le désordre.

— Votre vie est en désordre ?

— Oui.

— Sommes-nous en train de remettre de l'ordre ?
— Je le crois.
— Pourquoi un dessinateur ?
— C'est son métier.
— Dans votre récit.
— Dans la vie.
— Je sais qu'il existe. J'ai vérifié sur le Net. Il y a peu de photos de lui. C'est un homme mince.
— Il existe.
— Comme Alice Larjac ?
— Oui.
— Ils existent tous ?
— Tous.
— Et vous connaissez leurs vies ?
— Oui.
— Son après-midi au Luxembourg, sa rencontre avec cette ancienne camarade de classe ? Comment est-ce possible ?
— Il a jeté son journal à la poubelle, je l'ai récupéré.

Je suis en train de me demander si je l'ai déjà prise en défaut. Elle a toujours réponse à tout, mes arguments contraires viennent régulièrement se briser sur sa logique évidente. D'habitude mes patients maugréent, essayent de s'enfermer dans le mensonge en pensant que je ne serai pas dupe, comme des gamins pris en flagrant délit et qui inventent des histoires abracadabrantes pour éviter les heures de colle. Quand est-ce qu'un jour tous les patients du divan vont comprendre que je n'ai pas de colle à donner ? Nathalia l'a compris : si je lui en donnais une, elle la sécherait avec insolence.

— Avez-vous eu des problèmes de poids à l'adolescence ?

— Oui.

Cette réponse me soulage, car je suis presque sûr que Nathalia invente ses récits. Malgré les explications logiques qu'elle donne à toutes mes questions, elle me parle d'elle à travers des personnages. Ma stratégie fonctionne.

En me réglant, elle me tend un carton coloré.

— Qu'est-ce que c'est ?

— Une invitation, à une séance de dédicace.

Elle est partie. Je regarde le carton coloré et je ne peux m'empêcher de sourire, puis je le pose et mes yeux vont vers le divan. Nathalia… j'essaye de revoir son visage, à nouveau tout est brouillé, seuls des détails extraordinairement précis me reviennent : ses yeux et ses cils, l'ourlet de ses oreilles, cette fossette à la commissure des lèvres, à gauche, et qui n'a pas sa jumelle à droite. Fragmenté, comme si elle se penchait vers un miroir détruit au sol, son visage apparaît par détail dans les éclats. L'analyste est une sorte de miroir dans lequel se regarde le patient.

Dans ce cas, pourquoi suis-je si brisé ?

Je fais la queue dans la librairie. Le dessinateur est assis derrière un bureau où s'entassent des piles d'albums de son *M. Martin au quotidien*. À ses côtés, un homme brun dont le téléphone vibre et qui se lève pour prendre son appel à l'extérieur. C'est bientôt mon tour. Alban est grand et mince, élégant. Je tends mon album, il me fait un sourire et me demande mon prénom. En le lui donnant, j'ajoute un prénom féminin qui n'est pas celui de ma femme :

— Et pour Vanessa…

— J'ai connu une Vanessa, dit-il avec un sourire énigmatique tout en dessinant son petit personnage et le teckel.

— Ah oui ?… Il y a beaucoup de Vanessa… dis-je.

— Oui, fait-il, beaucoup…

Il me rend l'album et déjà une jeune femme a pris ma place et lui demande si elle peut faire un selfie avec lui. Je n'ai obtenu aucune information. J'ai bien envie de demander à quelqu'un si Alban était gros, après tout je suis venu pour ça. Une femme d'une cinquantaine d'années feuillette son album dédicacé.

Je m'approche d'elle.

— C'est vraiment le fan-club de M. Martin ici, dis-je maladroitement.

— « *Èm.* Martin », rectifie-t-elle. Oui, j'aime beaucoup ce qu'il fait, poursuit-elle, avec Voutch et Sempé c'est un des seuls qui me fasse vraiment rire. Hélas, Sempé n'est plus parmi nous.

— Hélas...

Le silence s'installe, alors je continue :

— Vous le lisez depuis longtemps ?

— J'ai tous ses albums depuis le début, et vous ?

— Presque tous, dis-je, mais... Il était... Il était beaucoup plus... fort avant... Non ?

Elle a un petit sourire triste, puis sur le ton de la confidence :

— Moi aussi, je trouve. Dans les premiers albums, tout était drôle, et surtout pendant le confinement quand il nous faisait un dessin par jour, maintenant il se répète un peu, mais bon... Je continue de les acheter, comme vous.

Elle s'éloigne vers la jeune fille au selfie qui lui fait signe. « Fort » au lieu de « gros ». Acte manqué et lapsus combiné, j'ai presque envie de m'applaudir, il y a longtemps que je n'ai pas vu un aussi bel exemple et j'en suis l'auteur. Si je pratique un peu l'autoanalyse, voilà ce que ça donne : au fond de moi, je ne veux pas savoir si ce qu'écrit Nathalia est vrai ou imaginaire. Pourquoi ?

Je sors dans la rue. L'homme brun à côté d'Alban est au téléphone devant la librairie et je l'entends :

— Putain mec, tu signes jamais un contrat comme ça, c'est quoi ce truc ?! C'est un truc de mendiant.

Une seule certitude : Sam, l'agent, existe.

En rentrant chez moi, j'ai jeté dans une poubelle publique l'album de bande dessinée. Comment expliquer à ma femme la dédicace portant mon prénom et celui d'une Vanessa ?

Deuxième étage

Je fais le plus beau métier du monde : je suis parolier de chansons. J'écris des jolies phrases, des rimes, des couplets, des refrains. Le tout tient sur une feuille de papier blanche. Je signe en bas : Vincent Véga.

Beaucoup essayent ce métier, peu réussissent. Je fais partie des seconds. Il m'est arrivé de faire des tubes énormes, puis des chansons plus discrètes. Des bides aussi. Mais l'essentiel est que j'en vis. Aujourd'hui, je sèche sur ma page. Impossible de trouver une rime française pour le mot *girl*. La chanson, très sophistiquée, pour une artiste à la mode, parle d'une *escort girl*, un peu paumée dans les rues de Londres. Elle ressort de chez son client et se demande si sa vie va dans le bon sens. – Elle a été exploitée par des hommes qui ont profité de son corps, de sa beauté et de sa naïveté, et là elle en prend conscience. Elle est victime. Belle et victime. C'est ça qu'il faut que tu fasses passer, Vincent, et t'es le meilleur, m'a prévenu le producteur. J'ai écouté *Lolita Go Home* de Gainsbourg pour m'inspirer du côté errance dans la rue et j'aurais mieux fait de laisser ce disque sur les étagères. Maintenant l'air entêtant de Gainsbourg me martèle le cerveau et la voix fluette de Jane Birkin résonne comme en boucle dans mes oreilles.

Girl... Girl... Teurl... Meurl... Feurl... Peurl...
Pearl... ? Un collier de pearl... ?
Des pearls de pluie ?...
Des pluies de pearls ?
Ma vie de pearl... ?
Je suis escort, escort girl
Ma vie de pearl ?
Brisée, chic et nacrée.

Bof, pas terrible... Surtout *chic et nacrée*, ça sonne « chiquée », ça fait plutôt tabac à chiquer. Je raye tout, ce qui fait lever un œil à Belphégor. Les chats sont les compagnons des poètes, c'est bien connu, Cocteau, Colette et Baudelaire l'ont dit avant moi, mais leur paresse a quelque chose d'annihilant. Regardez un chat dormir et essayez de travailler ! Vous m'en direz des nouvelles.

Belphégor et moi, c'est une histoire qui remonte à onze ans cette année. Je l'ai trouvée un matin dans le parc Montsouris, toute petite, tout abandonnée, toute miaulante. Je l'ai ramenée chez moi et lui ai versé la fin d'un pack de lait, puis nous avons partagé une boîte de thon, ce qui a provoqué ronronnement et amour. Cette nuit-là, je n'ai pas dormi seul comme à mon habitude. Une forme noire et lustrée est venue se poser en boule au centre du lit, m'obligeant à disposer mon corps en zigzag sous les draps afin de ne pas déranger « le chat ». Cette habitude dura plusieurs années, elle est à l'origine de la scoliose vertébrale qui me fait régulièrement souffrir. Le radiologue à qui j'avais expliqué mon histoire de chat sur les couvertures m'avait répondu :

— J'ai le même problème avec mon python.

Cela m'avait rassuré – il existait plus dingue que moi. Le lendemain matin de cette première nuit, n'ayant aucune chanson à écrire pour qui que ce soit, j'ai pourtant usé beaucoup d'encre et de feuilles de papier et cela pour la plus grande joie de Belphégor qui les déchirait et donnait des coups de patte sur la plume du stylo.

Je lui cherchais un nom. Et j'en écrivais des dizaines tous plus tartes les uns que les autres, cela allait de Ronronou jusqu'à Black Sabbath en passant par Rififi ou Mordoré. Enfin, au bout de nombreuses pages raturées, le nom évident apparut : Belphégor. Ma culture télévisuelle avait resurgi en une flamme de génie. Le chat Belphégor était né. Le mythique feuilleton en noir et blanc avec le fantôme du Louvre drapé de noir aux yeux si lumineux, c'était lui.

— C'est une chatte.

— Comment ça, une chatte ? Mais non c'est un chat, il s'appelle Belphégor.

— Non, non… avait dodeliné de la tête le vétérinaire, je sais reconnaître une chatte d'un chat, elle doit avoir dans les un mois et demi tout au plus.

Belphégor me regardait, effarée par les diverses palpations du vétérinaire : ventre, dents, pattes, griffes, poils. Le nom ? Qu'allais-je faire de ce nom génial que je lui avais trouvé ? Il faudrait tout recommencer, reprendre le stylo et me creuser la tête durant des heures pour arriver à Minounette ou Ronrona ?

— Pas du tout, avait répondu le vétérinaire, il est parfait ce nom, Belphégor est une femme, c'est même Juliette Gréco !

— Juliette Gréco ?

— Oui, le fantôme du Louvre, c'est Juliette Gréco, elle agit sous hypnose sous la domination d'un type bizarre qui se prétend le chef des Rose-Croix, joué par François Chaumette, qui était un excellent acteur. Il la déguise avec la cape noire et le masque pour brouiller les pistes car il est à la recherche du métal de Paracelse qui se trouve caché dans la statue au musée. Mais un étudiant flanque tous ses plans par terre ; il est joué par Yves Rénier, dont c'est le premier rôle, qui tombe sous le charme de Gréco en enquêtant sur Belphégor.

Comme je le regardais sidéré, il ajouta, très fier de son effet :

— Je suis aussi cinéphile à mes heures, vous avez d'autres questions ?

À cette époque, je n'avais pas encore le succès qui vint par la suite. Je vivais dans un minuscule appartement près du parc Montsouris et mes conquêtes féminines étaient rares, voire inexistantes. Avec mes rêves de chansons, je faisais plutôt fuir les filles. On dit qu'elles aiment les artistes et les rêveurs ; je suis la démonstration vivante que cette théorie est fausse. À partir d'un certain âge, elles aiment surtout des types qui peuvent apporter sécurité, confort, argent et avenir. Moi, je ne pouvais pas apporter tout cela, je ne pouvais que m'apporter moi et ce n'était pas suffisant.

Le temps d'une soirée ou d'un dîner entre amis, on me trouvait marrant, touchant, gentil, mais ça n'allait guère plus loin. Belphégor, elle, partageait toutes mes craintes, toutes mes angoisses, tous mes rêves. Le succès est venu avec *F comme Fille*, premier disque d'une jeune chanteuse, July Mira, enregistré dans des conditions improbables dans une cave aménagée en studio à Aubervilliers. Jamais je n'ai retrouvé cet enthousiasme et cette inconscience qui animaient la petite équipe de cette chanson.

J'avais rencontré July Mira dans un café de la place Saint-Michel aujourd'hui disparu ; elle m'avait plu avec ses cheveux courts, sa tenue sexy et son air de garçon manqué. Ma tentative de drague échoua rapidement car July me précisa, très gentiment, qu'elle aimait les filles et qu'elle attendait son amie, Murielle, qui était compositrice.

Quelques heures plus tard, nous étions tous les trois dans le studio de Murielle à écouter la maquette. La mélodie était entraînante, mais les premières paroles ne les satisfaisaient pas. Je me proposais de leur écrire quelque chose. Ce fut *F comme Fille*.

La chanson eut beaucoup de succès et un album était envisagé lorsque Murielle et July se séparèrent, brisant du même coup leurs carrières respectives, mais pas la mienne. Pascal Nègre, le patron d'Universal Music, voulait absolument rencontrer le compositeur de ce tube éphémère. Pour lui j'écrivis un album qui ne se monta jamais. Mais de cocktail en soirée, de maquette en arrangeur, mes textes circulaient et les portes du métier s'ouvrirent à moi.

Le succès était arrivé finalement assez vite après la venue de Belphégor dans ma vie. Ma chatte porte-bonheur. C'est à l'époque des *Yeux Claire* (n° 3 des meilleures ventes durant sept semaines) que j'ai fait la connaissance de Clotilde, chez Universal. Elle était chargée du relationnel des vedettes, comme assistante. Aujourd'hui elle est directrice artistique. En fait d'artistique, elle s'occupe surtout de chiffres et de dates de concert… Mais je ne vais pas dire de mal de ma femme.

Nous nous sommes mariés très vite, peut-être avions-nous l'un et l'autre un peu trop attendu. Nous avons eu Bruno l'année suivante. Il a 7 ans aujourd'hui, c'est un adorable petit garçon, qui préfère sa maman, comme tous les petits garçons. Étant juste auteur, je peux aisément m'épargner l'aspect bouillonnant du métier : séances d'arrangement sans fin, promos télé, tournées, déplacements à l'étranger. Moi, il ne me faut qu'un stylo pour travailler, une feuille et une ligne mélodique… Et Belphégor. On me demande rarement des interviews et lorsque cela se produit, comme je ne sais pas trop quoi raconter, je parle d'elle, ce qui au final réduit considérablement l'entretien, la rédaction éliminant d'office toute la partie la concernant. J'avais réussi à concilier une vie tranquille d'homme marié avec les paillettes de la variété quand tout a commencé à se gâter.

Bruno s'est mis à tousser. Clotilde et moi avons cru à une petite grippe, mais les sifflements qui sortaient de sa poitrine commençaient à devenir inquiétants. Nous sommes allés chez notre médecin généraliste, un toubib formidable, passionné de chanson française – d'ailleurs, je crois que c'est pour cela que je l'ai choisi. Il a diagnostiqué, un terrain asthmatique, puis a demandé si ce terrain asthmatique pouvait avoir des facteurs propices.

— Qu'est-ce que vous appelez des facteurs propices ? lui dis-je.

— Des poussières, des plantes à fleurs, que sais-je, des poils de chat.

— Poils de chat ?... Belphégor, a tout de suite dit Clotilde.

— Pardon ? a fait notre médecin.

— C'est notre chatte, enfin la chatte de mon mari... Mais elle est là depuis toujours.

— Oui, j'ai toujours eu Belphégor, dis-je un peu trop brusquement.

— Dans ce cas... ajouta mollement notre médecin.

Il prescrivit des médicaments et des pulvérisateurs à Bruno en attendant de voir si ce problème de toux n'était pas passager ou psychosomatique.

— Psycho quoi ?

— Somatique... nerveux. Dû au stress si vous préférez. Des tensions à l'école, des problèmes avec ses petits camarades, une mauvaise note. À cet âge...

— Mon fils n'a aucun problème de cette sorte, n'est-ce pas, canard ? dit ma femme à Bruno qui se trémoussait sur le fauteuil.

— Non, j'ai pas de problèmes, avait-il répondu.

L'affaire semblait close, mais ma femme ne voulait pas en rester là. Les pulvérisations n'étaient pas d'une grande efficacité et Bruno toussotait de temps à autre. Moi, ça ne m'inquiétait pas trop, mais Clotilde prenait ça très au sérieux. Elle avait raison d'ailleurs, l'asthme, c'est sérieux. Elle emmena Bruno chez un ponte du service pulmonaire de l'hôpital Pompidou qui donna de nouveaux médicaments et une prise de sang à faire pour les phanères de chat.

— C'est quoi ce truc-là ? fis-je à ma femme.

— Les chats se lèchent ; en se léchant ils dégagent un truc qui s'évapore et peut rendre asthmatique. Elle avait bien retenu la leçon du médecin.

— Alors pourquoi ne suis-je pas asthmatique ? lui dis-je. Et toi non plus, hein ? Pourquoi, et pourquoi tout allait bien jusqu'à maintenant ?

— Mais ne t'énerve pas comme ça, il faut savoir, un point c'est tout, conclut-elle.

Le point c'est tout tomba avec le rapport de la prise de sang : Bruno était totalement allergique aux poils de chat. Le médecin était formel.

Cette fois, j'avais accompagné Clotilde et Bruno.

— Il va falloir envisager de se séparer de votre chat, fit le médecin en guise d'introduction.

— Hors de question ! dis-je d'une voix cassante dans ce cabinet si vénérable.

— Votre fils est allergique, monsieur, son asthme peut augmenter… Le terrain est très défavorable et en plus vous fumez. Je le regardai avec étonnement.

— Je le sens, dit-il avec un bon sourire de professeur de médecine à qui on ne la fait pas.

De retour chez nous, je m'enfermai dans mon bureau où m'attendait Belphégor. Elle s'étira et vint se rouler sur mes papiers en me regardant de ses yeux d'amour. Se séparer…

Il y a plusieurs années de cela, j'ai voulu que Belphégor nous donne des petits. Clotilde, à l'idée d'avoir une portée de chat à la maison, n'avait pas manifesté un enthousiasme débordant. La question ne s'était jamais posée avant et d'ailleurs le vétérinaire, qui n'est plus le cinéphile d'autrefois (changement d'arrondissement oblige), s'étonnait du manque de manifestation des chaleurs chez elle. Je me mis en relation avec d'autres propriétaires de chats pour organiser des rencontres. L'album *Nuit d'été* s'en est ressenti. Je passais plus de temps au téléphone à parler procréation féline qu'à en écrire les paroles. J'avais d'ailleurs reçu un mail incendiaire de la production que j'ai conservé :

— Quand tu auras fini de faire baiser ta chatte, tu recevras ton chèque !

Les rencontres se soldaient par de catastrophiques miaulements. Non pas ceux de Belphégor, mais de ses éventuels compagnons qui repartaient effarés derrière leur canapé favori ou encore dans les jambes de leurs maîtres. Belphégor refusait catégoriquement leurs approches et plus simplement toute relation sexuelle. C'est une bête hérissée comme un poisson-lune que je remettais dans son sac.

— C'est vous.

— Comment ça, moi ?

— C'est vous, avait insisté le vétérinaire. Elle fait un transfert affectif sur vous. Vous l'avez sauvée d'une mort certaine dans le parc Montsouris. C'est vous qu'elle aime. Elle se considère comme votre femme.

Je le regardais pétrifié, tandis que Belphégor était sur la table d'auscultation, assise majestueusement.

— Ne me regardez pas comme ça, vous savez la psychologie ne concerne pas que les êtres humains. Aux USA, il y a des psys pour les animaux ; je reconnais que c'est excessif, mais l'idée n'est pas fausse. Vous connaissez ces histoires de chats qui vont se laisser mourir sur la tombe de leur maître, ou ceux qui font cinq cents kilomètres pour revenir chez eux. Vous savez tout cela, monsieur Véga.

Oui, bien sûr je savais tout cela. Et c'est les yeux pleins de larmes que j'avais serré contre moi ma Belphégor – ma femme chat. J'avais remarqué que mon vétérinaire, lui aussi, avait les yeux rouges.

— J'ai perdu Armand avant-hier, m'avait-il dit en guise d'explication. Un persan, avait-il ajouté.

— Je suis désolé.

— Merci, m'avait-il répondu d'une voix cassée.

Le soir même de la fameuse consultation chez le spécialiste de l'asthme, ma femme voulut avoir une conversation avec moi. Elle avait sollicité cela à table, comme un truc un peu inquisiteur, un truc secret dont Bruno ne devait pas comprendre le sens. Nous étions tous les deux au salon, un verre de vodka citron à la main, pendant que Bruno faisait ses devoirs dans sa chambre, quand ma femme entra en douceur sur le terrain interdit.

Selon elle, il fallait se séparer de Belphégor.

Se séparer.

Pour le parolier que je suis, ces deux mots sonnaient comme un rasoir et notre conversation donna à peu près ceci :

— Tu n'as qu'à la donner.

— À qui ?

— Je ne sais pas... À Alain.

— Alain a déjà deux chats.

— Eh bien, justement.

— Non, c'est impossible, les deux chats d'Alain ne supporteraient pas l'arrivée d'un nouveau chat, ce serait épouvantable pour Belphégor aussi.

— Et...

— Quoi donc ?

— Je ne sais... Si tu ne veux pas la donner, il n'y a qu'une seule solution.

Je la regardai avec effroi :

— Comment peux-tu me demander une chose pareille ?

— Enfin, plein d'autres gens le feraient... me dit-elle avec naturel. Notre petit bout de chou ne va pas tousser comme ça tout le temps...

Comme je ne répondais rien, elle ajouta :
— Je sais que ça te fait de la peine, mais…
— Mais quoi ? dis-je d'une voix cassée.
C'est ce moment que choisit Belphégor pour entrer dans la pièce et venir se frotter à mes chevilles en ronronnant.
— Je sais que c'est ta chatte et que tu y tiens… continua-t-elle, mais de toute façon, un jour elle ne sera plus là… nous, nous sommes là. Je suis là, avec Bruno, c'est nous le plus important. C'est nous ta famille, pas ce chat.
Belphégor s'éloigna – une envie de croquettes certainement. Nous demeurions ma femme et moi silencieux dans le salon. Belphégor revint nous voir.
— Écoute, fit ma femme avec douceur, il faut faire un choix, tu restes avec elle ou tu restes avec nous. C'est absurde comme question… conclut-elle pour elle-même.

Je regardai Belphégor, je plongeai mes yeux dans ses deux lacs d'or et je dis :
— Je reste avec vous.

Il me fallut deux bonnes semaines pour me résoudre à ma décision. Deux semaines atroces où je calculai le bouleversement qui allait surgir dans ma vie. J'essayais de me distraire en regardant la télé ou en feuilletant des revues. *Propriétés de France* notamment, un magazine qu'aime bien lire Clotilde. Il recense toutes les plus belles demeures de France et les appartements parisiens.

Les deux semaines passèrent. Bruno toussait toujours. Un soir, je dis à Clotilde que j'avais pris ma décision. Que je le ferai demain matin.

— Moi aussi je la regretterai… Je dirai à Bruno qu'on l'a donnée, et qu'elle est dans une maison avec plein d'autres chats et qu'elle est heureuse. C'est une bonne idée pour le petit, n'est-ce pas ?

Je n'en avais pas dormi de la nuit. Maintenant le jour était arrivé. Le moment de se dire adieu. Après avoir laissé un petit mot à Clotilde, j'avais fait rentrer à grand-peine ma Belphégor dans son sac à chat. Hier soir, ma femme m'avait souhaité du courage pour cette expédition chez le vétérinaire. Elle n'avait pas tort, il m'en fallait du courage et du renoncement. La vie semblait normale, pourtant ce matin rien ne l'était.

J'avais descendu l'escalier avec ma Belphégor qui remuait dans son sac. Dans la voiture, je l'avais posée à côté de moi, bien calée sur le siège. J'avais passé un doigt à travers les trous du sac, et avais senti sa fourrure lustrée et un petit coup de dents affectueux.

J'avais démarré.

Il n'y avait vraiment rien d'autre à faire, m'étais-je dit.

Dans le salon, j'ai lâché ma féline. Elle se déplaça en douceur puis sauta sur un canapé et fit ses griffes avec volupté. Dans ce nouvel appartement qui était désormais le nôtre. Et où nous allions vivre, rien que nous deux. Elle et moi.

— Comment aurais-je pu vous faire ça, amour ? Mon amour de chatte… lui ai-je dit en frottant mon visage dans sa fourrure.

— Bien sûr, je reste avec vous.

Ah oui, il faut que je vous dise, moi aussi, j'ai mes côtés excentriques – cela n'est pas réservé qu'aux chanteuses et aux imprésarios : j'ai toujours vouvoyé Belphégor.

J'ai dû m'accorder dix minutes de pause après le départ de Robotti. Celui-ci était dans une de ses phases logorrhéiques. Avant-hier il a jeté par la fenêtre son téléphone portable, souhaitant par cette destruction symbolique couper le cordon avec sa mère qui l'appelle plusieurs fois par jour sur ce numéro. Mais le téléphone a blessé une jeune femme en scooter qui ne portait pas de casque. Robotti et elle se sont retrouvés chez les pompiers, puis au poste de police. Ils ont échangé leurs numéros et vont peut-être se revoir, ce qui le plonge dans des abîmes de perplexité.

— Je n'ai quasiment pas parlé à une inconnue depuis mon divorce, ne cessait-il de répéter sur la fin. Son divorce a eu lieu il y a quatre ans.

Maintenant, Nathalia. Le compositeur de chanson, l'homme au chat noir.

— Vous avez un chat ?

— Oui, vous allez me demander s'il est noir.

— Je vous le demande.

— Il est gris. Et Vincent a une chatte et non un chat si vous avez bien lu.

— J'ai bien lu.

Nous n'irons pas loin avec cet échange. Je cherche un moyen d'installer un dialogue plus constructif, car j'aimerais savoir si l'homme au chat noir est un double imaginaire ou vraiment son voisin. Alice Larjac existe, j'ai vu son site, Alban existe, c'est certain, mais l'histoire racontée à son sujet reste invérifiable. Il ne faut pas parler maintenant du dernier texte, mais revenir au dessinateur de BD. Nous sommes vraiment en accord, car c'est elle qui reprend la parole et me dit :

— Vous êtes allé à la séance de dédicace ?

Je vais mentir, c'était une technique de Malevinsky, mon maître, pour dépoussiérer le dialogue. « On souffle sur les objets du dialogue et la poussière s'en va, les objets redeviennent brillants. Le souffle du mensonge est efficace. »

— Non.

— Faux docteur, je vous ai vu. J'étais là. J'étais derrière vous, vous avez parlé avec une femme blonde qui aime Voutch et Sempé. Le souffle du mensonge est encore plus efficace que je ne le pensais. Nathalia était là et je ne l'ai pas vue. Plus qu'un acte manqué, c'est de l'aveuglement.

— Pourquoi ne m'avez-vous pas parlé ?

— Ce n'est pas l'usage de rencontrer son psy en dehors des séances.

— Non, effectivement, ce n'est pas l'usage. Je salue donc votre sérieux dans la thérapie, Nathalia, lui dis-je d'une voix que je veux ironique et autoritaire.

— Merci, me répond-elle sur le même ton.

— Ceci dit, je croyais que vous ne sortiez pas de chez vous ?

Elle reste silencieuse. J'ai marqué un point. Peut-être un peu trop fort, je ne voudrais surtout pas qu'elle se referme comme une huître. Cela m'est déjà arrivé et je le vis très mal. Pour un enchaînement de phrases brillantes, par orgueil stupide je bloque le patient et c'est à moi de le réparer ensuite. En général il faut faire quelque chose dans la minute, sinon cela prendra des semaines ou pire : le patient ne reviendra plus. Nathalia disparaîtra. Il faut empêcher cela au plus vite.

Je vais dévier complètement, c'est une de mes techniques :

— Partagez avec moi une pensée que vous avez eue dans la journée, complètement en dehors de notre conversation présente. Une pensée, disons « hors sujet ».

Le silence s'installe de nouveau, juste rompu par les battements d'ailes d'un pigeon qui passe devant la fenêtre.

— J'ai pensé… ce matin, en préparant mon café, qu'on devrait toujours relire les exergues une fois les livres terminés.

— Développez.

— On lit la citation d'un autre, que l'auteur a choisi de mettre en première page de son livre, et puis on l'oublie. Alors que l'auteur a pris un grand soin à la choisir. Elle est la synthèse de tout le livre, et on l'oublie. Donc, on devrait toujours la relire une fois le livre achevé. Toujours. L'exergue est la vraie conclusion. Voilà à quoi je pensais.

Je hoche la tête. C'est bon, l'orage est passé.

— Revenons à vos récits, dis-je.

— Vous voulez savoir s'ils sont vrais ou faux. Je croyais que ce n'était pas important. C'est ce que vous m'aviez dit lorsque nous avons commencé : récits réels ou imaginaires, peu importe.

— Quelle mémoire, lui dis-je.

— Oui, je me souviens de tout ce qui m'intéresse.

— Votre dernière photo, par exemple ?

Elle ne répond pas. Je reprends mes feuilles de notes et nous allons poursuivre. Car effectivement j'aimerais savoir. Je pense qu'elle invente et pourtant il y a trop d'éléments de la réalité qui parasitent l'imaginaire.

— Au rez-de-chaussée, vous évoquez une coach de vie qui travaille depuis chez elle à travers ses vidéos.

— Alice ou Marie-Edwige…

— Voilà, poursuivons, dans le premier étage, on trouve la question du poids et vous m'avez dit que vous en aviez souffert à l'adolescence.

— Pourtant Alban Charvier existe, vous l'avez même rencontré.

— Oui, et Alice Larjac a bien une amie qui s'appelle Aïcha, lui dis-je aussitôt.

Un silence s'installe. J'attends la phrase que va prononcer Nathalia. Je la connais à l'avance, mot pour mot :

— Je croyais que vous n'aviez pas appelé ? laisse-t-elle tomber.

Je la regarde. Normalement, elle devrait se retourner. Lorsque mes patients me prennent en faute, ils aiment bien faire cela. Mais elle ne se retourne pas.

— Vous vous projetez dans des identités, avec talent, je le reconnais, mais vous êtes dans chacune de ces vies.

Elle reste silencieuse et je poursuis :

— Que dois-je comprendre dans l'histoire de l'homme qui préfère vivre avec sa chatte plutôt qu'avec sa femme et son enfant ?

— Peut-être rien.

— C'est-à-dire ?

— Tenez, dit-elle en me tendant un magazine qu'elle sort de son tote bag et me passe par-dessus le divan.

— Qu'est-ce que c'est ?

— Vous verrez.

— En effet, je verrai, dis-je en déposant le magazine sur le bureau sans même le regarder. Pourquoi s'en va-t-il ?

— Il s'en va car sa femme lui demande de faire piquer Belphégor.

— C'est un acte monstrueux, lui dis-je.

— Elle ne le conçoit pas comme monstrueux.

— C'est un meurtre. C'est ce que vous voulez me dire ?

Elle ne répond rien.

— Pourquoi un parolier ?

— J'aime bien les chansons de Vincent, c'est un peu sucre mais parfois on a besoin de ça. D'un monde guimauve où tout est amour.

— Vincent Véga n'existe pas, Nathalia. Ni lui ni Belphégor.

— Pourquoi tenez-vous tant à ce que tous ces gens n'existent pas docteur ?

Lemont se met à me raconter un rêve, qu'il ferait périodiquement d'après lui. Jamais il ne m'a parlé de cette histoire de papillons et de bateau à marée basse. Je suis persuadé qu'il invente au fur et à mesure, juste pour se rendre intéressant. Je le laisse poursuivre son histoire de plage et de bateau échoué rempli de papillons et je prends discrètement le magazine de Nathalia.

Rock & Folk. Je trouve le sommaire.

Entretien avec Vincent Véga, page 54.

Page 54, la photo présente le portrait d'un homme d'une quarantaine d'années au regard pétillant. Il serre contre sa joue un chat noir, comme s'il tenait à ce qu'ils soient tous les deux dans le cadre. Le chat regarde l'objectif.

Légende : Vincent Véga et sa chatte Belphégor. Photo N. G.

S'il y a quelqu'un qui n'invente pas au fur et à mesure, c'est Nathalia. Et si c'était vrai ? Si tout était vrai ? Qu'est-ce que cela voudrait dire exactement, et surtout en quoi ce que nous faisons relève du travail analytique ? Il n'y a rien à analyser s'il s'agit de vies réelles. Il n'y a que des faits. Pourtant je refuse cette idée. Je la nie. Elle me parle d'elle et peu importe si Vincent Véga existe, et sa chatte Belphégor aussi, peu importe si la coach a une amie qui se nomme Aïcha, peu importe si Alban…

— Vous ne m'écoutez pas, docteur.

— Si, vous venez de dire que les papillons étaient transparents. Poursuivez.

— Qu'est-ce que mon cœur peut bien avoir à te dire ?

— Tais-toi, répond François.

François est cardiologue. Je le connais depuis trente-trois ans. C'est mon plus vieil ami, c'est lui l'homme aux yeux bleu foncé que je n'avais jamais remarqués.

— J'aime pas beaucoup cette courbe, dit-il en regagnant ses appareils. Tu as arrêté de fumer quand, déjà ?

— Un an.

François fait une moue dubitative devant sa courbe puis soupire.

— Je te garde, on fait un électro d'effort.

— Pas le temps.

— Pas le temps… Ils ne peuvent pas attendre, tes névrosés ?

Je ne lui réponds rien et nous repassons dans son bureau. Je remets ma chemise et François va se rasseoir.

— Appelle-moi la semaine prochaine, je te caserai entre deux patients. Il faut qu'on dîne avec nos femmes, ajoute-t-il tout en griffonnant des notes sur mon dossier.

Comme l'année vient de commencer, je sais d'avance que nous allons prononcer cette phrase une bonne demi-douzaine de fois avant d'enfin fixer une soirée avec nos épouses. C'est comme ça. Ni lui ni moi ne sommes motivés par cette idée, mais jamais nous ne nous l'avouerons.

— Je fais un rêve bizarre en ce moment, dit-il en relevant la tête vers moi, je me fais piquer par une abeille géante. Tu sais ce que ça veut dire, toi, ces trucs-là ?

— Achète-toi une clef des songes, lui dis-je en reboutonnant ma chemise.

— Fais pas chier, dis-moi ce que c'est.

— Chez nous ça ne signifie pas grand-chose. Dans les autres strates de l'analyse c'est une envie sexuelle, un désir violent.

— C'est Priscilla, j'en étais sûr. Comme je le regarde, il ajoute : — Une infirmière, une nouvelle, 25 ans avec des seins énormes. Ma femme a pas de seins, ça m'a toujours frustré.

— François… dis-je, d'un air faussement atterré quand la ligne intérieure sonne. La voix de sa secrétaire annonce le nom de famille d'un célèbre présentateur que la France entière connaît.

— J'arrive Fabienne.

— C'est le type de la télé ?

— Oui, il vient faire son check-up. Il trouve le temps, lui, faudrait qu'ils soient tous comme ça.

Je sors dans le couloir avec François qui me présente à l'animateur.

— Un psy ? fait-il en me serrant la main, vous avez publié des ouvrages ?

— Ça m'est arrivé.

— Ah oui ? Et en ce moment, vous avez une actualité ?

— Une actualité ?

— Un bouquin en prévision.

— Non.

— Mais si, il a plein de livres en prévision. Sur les rêves érotiques entre autres, plaisante François en me tapant sur l'épaule.

— Ah bon ? fait l'animateur. Un psy, ce serait génial pour mon émission. C'est inattendu et complètement stylé.

— Vous voulez mettre le docteur Faber entre une chanteuse de rap et un homme politique ?

— Pourquoi pas ? répond-il aussitôt, il y a plein de trucs à analyser chez ces gens, qu'est-ce que vous en pensez ? me fait-il, enthousiaste. Vous avez une carte ?

Je le regarde en silence et je pense au récit de Nathalia dans lequel il était nommé.

— Non, je n'ai pas de carte et vous, vous avez une maquilleuse du nom de Patricia ?

— Patricia ? Oui, bien sûr, d'ailleurs j'ai presque fait un mariage, elle a rencontré Alban, le dessinateur, au maquillage. Ils sont ensemble depuis. Et c'est grâce à qui ça ? Grâce à Bibi ! fait-il en se désignant fièrement. Vous connaissez Patricia ?

— Oui, non... Je dois y aller maintenant.

— Allez, nous aussi on y va, venez ! Et François entraîne l'animateur par le bras. En m'éloignant, je l'entends dire :

— Vous le connaissez, vous avez sa carte. C'est obligé.

Troisième étage

À gauche, la mer à perte de vue et les vagues qui viennent se briser sur les rochers. À droite, la lande, les hautes herbes et les chardons sont balayés par le vent. Le contraste mer/terre est tout à fait saisissant et pour l'instant je ne croise personne sur le chemin depuis que je suis descendu du bus à Pittenweem. Je suis en Écosse. Je m'appelle Marc Lacour et jamais je n'aurais pensé que je marcherais un jour, seul, sur la lande écossaise à la recherche de la Lady's Tower.

Je viens d'un monde d'écrans d'ordinateurs. Plats, de dernière génération avec des vitesses de connexion dépassant celles des météores. Mes lignes à moi n'étaient pas celles des étoiles filantes mais des lignes de couleurs qui ne cessent de monter et descendre comme un électrocardiogramme – celui du monde. Et des chiffres, qui défilent à la même allure, en colonne de haut en bas. Des milliers de chiffres par seconde. Des échanges de données. Des prises de risques – minimes pour certains, gigantesques pour d'autres.

Des volumes. Des marchés. Plus de 7 000 milliards de dollars sont échangés dans le monde chaque jour. Un chiffre en constante expansion chaque année. Comme ces étoiles qui gonflent jusqu'à exploser en supernova. Je vivais au cœur de la matrice. Un parmi des centaines de milliers d'autres, disséminés de par le monde. Vous avez compris mon métier : j'étais trader. *Prop trader* pour *proprietary trader* : les privilégiés de la banque, ceux qui ont carte blanche pour spéculer avec les capitaux bancaires sur tous les marchés. Le métier est à haut risque, mais les rémunérations peuvent être considérables puisqu'elles donnent droit à un pourcentage sur les gains. Les sommes engagées filent le vertige, le pourcentage généré aussi. La plupart des traders sont très jeunes, les *prop trader* sont une exception en termes d'âge au sein de la salle puisque ce sont les plus expérimentés. Une pratique préalable de dix ans dans le *trading* constitue la norme. J'avais 39 ans lorsque « l'incident » s'est produit.

La lande est balayée par des rafales et parfois je manque de perdre l'équilibre ; avec mes bottes et ma parka je n'ai pas froid et ce décor de début du monde est étrangement rassurant. L'hôtelier m'a dit que dans le nord-est de l'Écosse, on pouvait vivre les quatre saisons en une seule journée. À l'instant présent, je dirais que je suis en début d'hiver. Ce matin, c'était très différent. Je me suis levé, non pas aux aurores, selon l'expression consacrée, mais avant. Avant le lever du soleil, lorsque le ciel devient mauve, juste à la fin de la nuit. J'ai descendu une petite route, bordée par un pré où paissent une dizaine de moutons pour découvrir la baie où la mer du Nord et le ciel paraissent ne former qu'une seule bulle à 180 degrés. J'étais arrivé la veille à l'hôtel et m'étais contenté d'une soupe au haddock et d'un verre de whisky très tourbé. J'ai échangé quelques mots avec le patron qui m'avait confondu avec un photographe français parti la veille. Il venait prendre des images des *fire skies*. Les ciels de feu. C'était la bonne saison. Il fallait se lever tôt et attendre.

Je me suis levé tôt et j'ai attendu en me posant sur un banc qui portait une petite plaque de laiton : le banc était offert par une famille écossaise en mémoire d'une « Margareth » dont les dates de naissance et de décès étaient inscrites après son prénom. Une phrase signalait qu'elle aimait particulièrement se promener là.

De mauve, le ciel a tourné à l'orange zébré de gris. Les couleurs changeaient le temps de cligner des yeux, comme si des encres de Chine colorées étaient en train de se mélanger sur une feuille de papier imbibée d'eau. L'orange s'est mis à dominer et devenir plus intense à l'horizon, juste au-dessus de la mer. Au loin un point de lumière, comme une tête d'épingle, a surgi : le soleil. L'orange est devenu fluorescent et les zébrures grises ont viré au rouge. Un rouge intense. Le ciel entier était rouge, traversé d'orange au-dessus de la mer qui prenait à son tour la teinte du ciel. Le *fire sky*. Je me suis levé et j'ai fait quelques pas, doucement, comme si je voulais entrer dans le décor, le toucher, ne plus faire qu'un avec lui. J'ai retiré mes gants. J'ai voulu faire une photo, mais le froid a brusquement éteint mon portable qui ne possédait plus que 10 % de batterie ; je l'ai interprété comme un message qui m'était adressé : regarde avec tes yeux, avec ton cœur et souviens-toi, tu n'as pas besoin d'un écran entre toi et le monde. Tu n'en as plus besoin désormais.

C'était ce matin.

Je continue ma marche, et maintenant, la silhouette d'un couple se dessine au loin sur la plage ; l'homme lance un bâton à un chien qui court et le rapporte, l'homme tend le bâton à la femme qui le lance à son tour – le chien recommence sa course. Cela forme une sorte de mouvement perpétuel, joli, beau. Humain.

Dans une autre vie – ma vie de trader –, je n'ai jamais fait de jolies choses comme promener un chien sur une plage accompagnée d'une femme et jeter un bâton que le canidé vous rapporte sans fin. J'ai plutôt acheté des conneries d'art contemporain, conseillé par un galeriste, dont un Damien Hirst fait avec des ailes de papillons que j'avais fini par prendre en horreur. Il trônait dans mon salon. Quelques autres trucs de Jeff Koons. Une Ferrari que je n'ai pilotée que trois fois tant je me suis fait peur et que j'ai revendue à un autre trader, plus téméraire que moi en automobile. J'ai acheté des montres des marques les plus chères, dont une Richard Mille, pleine de complications et de rouages, si bien que je n'arrivais pas à y lire l'heure. J'étais devenu une sorte de cliché vivant de la réussite et de la société de consommation. J'ai voyagé, fait la fête dans des destinations à la mode, côtoyé des types qui me ressemblaient, qui portaient les mêmes complets sur mesure que moi, les mêmes montres, les mêmes conneries d'art contemporain à leurs murs. Les mêmes femmes... belles, grandes, minces, élancées – des animaux sauvages qui nous voyaient comme des proies. Ce que nous étions. Je me suis fait peur lorsque j'ai failli passer à la cocaïne. Je me suis vu en train de sniffer un rail dans une soirée et quelque chose en moi s'est dit que cette fois ça allait trop loin. J'ai regardé la jeune femme qui était ma compagne de l'époque, qui sniffait en éclatant de rire avec une amie, et je me suis demandé si j'avais choisi la bonne partenaire de vie.

— T'es vraiment pas drôle, Marc, m'avait-elle dit quelques semaines plus tard avant que l'on se sépare. Elle avait raison, tout ça commençait à cesser de me faire rire.

Je suis moins sorti, je me suis concentré sur mon métier. J'ai vendu le Damien Hirst. J'ai perdu de vue pas mal de mes relations qui partaient à Londres, à New York, à Dubaï. Tous se demandaient pourquoi je restais dans ma « place » à Paris-la Défense. Je me suis retrouvé un des meilleurs du métier, mais seul chez lui le soir. Je me refermais. Je n'avais plus les clefs de la vie réelle. Après une journée entière devant les écrans des cotations boursières, je regardais chez moi des vidéos sur YouTube jusqu'à l'abrutissement complet. Des pornos aussi. Je me suis inscrit sur Tinder. Mes rendez-vous m'ont tous déçu. Inutile d'inventer le métavers, il existe déjà, tout se passe à travers un écran : vos souvenirs sont dans votre dossier « mes photos » ou votre Instagram, votre mémoire dans votre cloud, les femmes que vous pouvez rencontrer sont dans une application numérique et un site, il faut leur envoyer un message. « On tient plus à la vie qu'on n'a pas qu'à celle qu'on a », a dit il y a longtemps un poète ou un écrivain dont j'ai oublié le nom – je dirais que, désormais, on tient plus à sa vie numérique qu'à sa vie tout court. J'arrête mes considérations philosophiques, je n'ai pas le niveau et je vais vous ennuyer. Je vais vous raconter « l'incident », je vais vous dire pourquoi je suis sur un chemin écossais en route vers la Lady's Tower. La tour de la Lady.

Mais avant de vous raconter l'incident, il faut que je vous parle de la tour. C'était le fond d'écran de mon ordinateur portable personnel. Ça l'est toujours. Lorsque vous allumez votre écran, il arrive que celui-ci, avant de vous demander votre mot de passe, vous propose une image aléatoire sortie d'un algorithme : paysages, animaux, végétation, monuments… cela va d'une dune dans le désert sous la lune à une vue de Dubaï depuis un gratte-ciel en passant par un panda entouré de bambous. J'avais l'habitude de ne pas y prêter attention et de taper mon mot de passe ; la proposition d'image disparaissait aussitôt. Un jour, l'écran s'est ouvert sur une tour ronde, en pierres, posées les unes au-dessus des autres et brutes dans leurs formes. La tour était de taille moyenne pourvue d'une entrée en forme d'arche, le monument était perché dans une lande qui surplombait la mer. Il était un peu en ruine et s'en dégageait une impression de calme et d'infini qui m'a aussitôt fait appuyer sur la touche « capture d'écran » afin de l'enregistrer. Si je l'avais bien enregistré et validé comme fond d'écran définitif, je n'avais aucune information ni sur la tour ni sur le lieu où elle se trouvait. Elle demeurait un mystère. Un mystère que je retrouvais chaque fois que j'allumais mon écran.

Il m'arrivait parfois de tomber en hypnose devant et d'avoir le sentiment que mon esprit voyageait autour de l'édifice et qu'il y entrait avant que je ne revienne à moi. Parenthèse : on tombe paraît-il en état hypnotique une dizaine de fois par jour – cela ne dure que quelques secondes. Bref, un dimanche que j'étais seul dans l'appartement, j'ai tapé sur Internet : tour, landes, mer. Les images qui m'ont été proposées étaient nombreuses, mais il ne s'agissait pas de « ma » tour. « *Tower, lanscapes, sea* » ne donnèrent pas les résultats escomptés. Cela commença à virer à l'obsession : où était cette tour ? en France ? en Italie ? en Allemagne ? en Angleterre ? en Amérique latine ? Quel était cet océan, ou cette mer ? Après une après-midi entière, aspiré dans le web par mes recherches infructueuses, je trouvai un site de passionnés de tours – il y a vraiment de tout sur le Net. Je m'y inscrivis et joignis la communauté afin de poster mon image de tour en demandant en plusieurs langues si quelqu'un connaissait cette image.

Quelques jours plus tard, je reçus un message en anglais d'un des membres, dont j'ai oublié le pseudonyme, qui m'écrivait : « Bonjour, oui, je la connais, c'est la Lady's Tower, à Elie, en Écosse. » Aussitôt je tapai le nom sur mon moteur de recherche et trouvai d'autres images de ma tour ainsi que l'explication de son nom si particulier. Je vous la livrerai un peu plus tard.

Maintenant je passe devant un grand moulin, j'arrive à Saint-Monans, il y a un port de pêche et une église qui surplombe la mer. Je m'arrête pour acheter une petite bouteille d'eau – la marche et le vent m'ont donné soif. Devant l'église, il y a un cimetière avec des tombes à demi penchées qui paraissent être là depuis la nuit des temps. Je regarde mon GPS, je suis sur le bon chemin, je me rapproche. Il faut toujours longer la côte ; je trouve un passage au bord de l'eau puis ça monte à nouveau vers la lande. La mer s'agite un peu et je reçois des embruns.

Maintenant, l'incident : c'était il y a un an. J'étais au vingt-huitième étage de la tour de la Défense, dans un vaste open space ou les traders sont tous assis devant leurs écrans – environs six écrans par trader. J'étais dans mon fauteuil et je jouais gros, très gros depuis plusieurs mois. Je vous évite les descriptions exactes de mes investissements, car seul un de mes confrères pourrait les comprendre. Pour résumer, je pariais sur un coup de dés sur une baisse de volume puis une hausse qui me permettrait de revendre avec un bénéfice plus que substantiel toutes les noisettes que j'avais récoltées les mois précédents. Mes noisettes se montaient cette après-midi-là à… un milliard de dollars. La baisse prévue était en relation avec l'annonce d'une énorme acquisition boursière par un groupe qui était au départ considéré comme un outsider. J'avais les infos, les tuyaux. Tout. La nouvelle tomba à 14 h 15, heure française. Mon tuyau était bon, mon feeling parfait. Mon plan allait fonctionner. Le plus gros coup de ma carrière. Sauf que… le prix de l'action, au lieu de descendre pour ensuite remonter, se mit à monter immédiatement. En flèche. De minute en minute il augmentait. Au bout de vingt-cinq minutes, j'étais déficitaire de 800 millions d'euros. Je regardais mes écrans bouche bée. Et ça continua jusqu'à atteindre un milliard. J'avais à cette minute planté la banque et ses investisseurs d'un milliard, puis d'un milliard et 100 millions et ça continuait… Je sentis la température de mon corps baisser de plusieurs degrés et une sueur brûlante me couler le long des tempes. Les noms des traders qui étaient devenus célèbres en plantant des sommes colossales ces quarante dernières années m'assaillirent tel un essaim de guêpes. Toshihide Iguchi en 1980 : 1,1 milliard de dollars. Dans les mêmes années, Nick Leeson : 1,3 milliard. Brian Huter, en 2006 : 6,5 milliards. Bruno Iksil en 2010 : 4,4 milliards. Jerôme Kerviel, deux ans plus tôt : 4,9 milliards. Et ça continuait de monter. Je ne contrôlais plus rien, les écrans se brouillèrent même devant mes yeux à un moment tandis que je clignais des paupières et tentais de me reconcentrer sur les lignes, tout en respirant par la bouche. Ça montait toujours. Plus ça montait, plus je perdais.

— Mais putain, pourquoi ça monte ? ai-je murmuré.

Arrivé à près des deux milliards, mes mains ont commencé à trembler et j'avais du mal à déglutir. J'ai tenté le tout pour le tout, et là encore, ce serait trop complexe à expliquer mais j'ai ouvert la seule issue qui me restait pour tenter de tout récupérer ou au contraire d'augmenter ma perte de quatre fois et de dépasser Jérôme Kerviel en plantant 8 milliards de dollars. J'ai tout repris et tout placé sur les cryptomonnaies. La cryptomonnaie est le dernier monstre de ce marché. Le monde économique est devenu un asile de fous dirigé par des fous. Je le pense vraiment et j'ai mes raisons : j'ai failli y laisser ma peau. Mon placement brutal a créé un mini tsunami sur les lignes : d'où venaient ces sommes ahurissantes investies d'un bloc ? Le marché a pris peur. Et ce qui m'occupait a commencé à redescendre en flèche. Si j'étais à l'origine d'une panique sur le secteur, je crois que les lignes affolées de la Bourse étaient loin de mon électroencéphalogramme. J'avais quelques minutes pour jouer le plus gros tour de passe-passe de ma vie, attendre que ça redescende au niveau que je souhaitais, retirer mes cryptomonnaies en urgence, tout remettre dans le premier investissement : bénéfice : zéro. Perte : zéro. Douze minutes pour jouer à ça. Sur l'écran de mon ordinateur portable personnel : Bloomberg TV annonçait ne pas comprendre un investissement record en cryptomonnaie et ignorait d'où il venait.

S'ils savaient que c'était moi, dans ma tour à la Défense... Ce furent les douze minutes les plus longues de ma vie. Je n'avais quasiment plus de salive. Retirer deux milliards et les replacer. Vite, vite. Les courbes baissaient, c'était maintenant. Je retirai tout puis replaçai tout. Mes courbes bougeaient doucement. Doucement, pour se stabiliser à 1 milliard. Là je quittai immédiatement la manip. Je sortis du marché. Perte : zéro. Gains : zéro. Je respirais difficilement, je regardais les écrans. — Perte zéro. Gains : zéro. Équilibre, murmurai-je sans qu'aucun son ne sorte plus de ma bouche. J'ai tourné la tête vers l'écran de mon ordinateur portable que j'avais connecté sur Bloomberg TV : l'image disparut pour laisser place à mon fond d'écran avec la Lady's Tower. Puis j'ai senti tous les muscles de mon corps me lâcher et mon dos toucher le cuir de mon fauteuil. Alors je me suis vu moi. Moi, au-dessus de moi. Je regardais mon corps inerte et mes yeux ouverts qui fixaient l'écran avec la tour écossaise, je suis tombé au sol et mes collègues m'ont entouré. Je flottais dans l'open space comme en apesanteur, je voyais tout. Je savais que j'étais mort. Probablement d'un arrêt cardiaque. Mais cette pensée glissait sur moi, c'était juste une constatation qui ne m'inquiétait guère. Au contraire, plus les secondes passaient plus je me sentais heureux et léger, je flottais dans cette salle des marchés puis je traversais la grande baie vitrée pour me retrouver dehors, toujours flottant, au-dessus du parvis de la Défense avec son arche et ses tours. Je levais les yeux vers le ciel, envahi d'un sentiment de bien-être infini lorsqu'une trouée se forma dans les nuages, un phénomène météo que je n'avais jamais observé m'attirait à lui. Enfin, je rentrais dans un couloir de lumière d'une intensité irréelle et qui pourtant ne me faisait pas mal aux yeux. Je savais qu'il y avait d'autres personnes autour de moi, mais je ne pouvais les voir. Je sentais leur présence. Puis la lumière se fit plus intense jusqu'à tout envahir dans une harmonie qui n'est pas de ce monde. J'éprouvais un bonheur que je n'avais jamais ressenti. Tout était simple. Il y avait tout et à la fois il n'y avait rien. Comme si une grandiose symphonie classique résonnait et qu'en même temps le silence régnait. J'étais dans la joie. *Non, ce n'est pas le moment.* Personne n'a prononcé cette phrase. Ce ne sont pas des mots qui ont été dits. Rien n'a été formulé comme nous l'entendons ici-bas, ni dans une langue précise. C'était d'un autre ordre. Une certitude et à la fois un ordre. Quelque chose s'inversa et je sentais que je repartais en arrière.

J'ai ouvert les yeux dans une ambulance qui roulait vite et dont je percevais la sirène lancinante. Je suis resté en observation à l'hôpital cinq jours. Le médecin qui s'occupait de moi était plus qu'intrigué par mon cas. Je ne présentais pas les séquelles d'une crise cardiaque. Rien n'apparaissait aux différents examens poussés que l'on m'avait fait passer. Et pourtant, selon lui, je suis mort, non pas dans mon bureau mais dans l'ambulance, durant quatre minutes avant que je ne me réveille.

— Vous êtes mort cliniquement, puis vous êtes revenu – et sans aucune séquelle, ajouta-t-il. Cela se nomme une NDE pour *near death experience.* Il prit un temps et me regarda, mon visage était calme et je souriais sereinement, puis il posa la question :

— Avez-vous vu quelque chose ? Je tournai lentement la tête de gauche à droite, signifiant par là que je n'avais rien vu. C'était comme si la force qui m'avait ramené de la lumière à mon corps m'avait demandé de garder cela pour moi. Ce que je fis.

J'avais compris le sens de la vie et que la mienne ne se passerait désormais plus devant des écrans à suivre la marche folle du monde à coups de milliards. J'ai démissionné, non sans m'être fait copieusement engueuler de n'avoir pris aucune position sur un coup fabuleux qui avait rapporté des centaines de millions à d'autres. Mes employeurs ne sauront jamais la catastrophe qu'ils ont évitée. J'ai vendu toutes mes montres et mes objets et tableaux d'art contemporains. J'ai tout vendu dans mon appartement jusqu'à ce qu'il ne reste qu'un lit, un canapé et un bureau. Je savais ce que je devais faire, comme un parcours initiatique... me rendre dans la dernière image que j'avais vue de mon « vivant » : la Lady's Tower, mon fond d'écran. J'ai acheté un billet d'avion pour l'Écosse, les tickets de train et de bus nécessaires, j'ai réservé une chambre d'hôtel. Le jour dit, l'Airbus A320 a décollé de Roissy Charles-de-Gaulle, direction : Edinburgh Airport.

Je commence à l'apercevoir, tout au loin, sur une langue de terre qui se jette dans les flots de Ruby Bay – la baie des grenats, ainsi nommée car on y trouvait les pierres semi-précieuses dans la roche volcanique. C'est un petit rectangle, à contre-jour, posé tout au bout et le ciel est en train de virer au bleu car un vent marin chasse les nuages vers la terre. J'avance toujours. Je me rapproche. La Lady's Tower tient son nom singulier de lady Janet Anstruther. Fille d'un marchand du village d'Elie, elle était, paraît-il, d'une fascinante beauté et les mauvaises langues lui prêtaient des origines gitanes. Elle cloua le bec à tout le monde en épousant le seigneur de la région, sir John Anstruther, qui était tombé fou amoureux d'elle. Un portrait de Janet fut peint par Joshua Reynolds, on peut le voir à la Tate Gallery de Londres. Janet aimait se baigner à la belle saison et fit construire en 1770 cette tour à son usage exclusif. Elle fit également creuser à même la roche une grotte donnant sur la plage où elle pouvait se déshabiller, car lady Anstruther se baignait… nue ! Après ses longues brasses dans l'eau salée de la mer du Nord, elle remontait en tenue d'Ève dans sa tour et contemplait le ciel et l'eau tout en séchant au soleil. Une cloche était installée non loin et, avant le bain de la beauté, un serviteur l'activait : plus aucun habitant d'Elie n'avait droit d'approcher de la mer et même de regarder dans cette direction. Ses serviteurs tournaient le dos à l'eau et restaient les yeux rivés sur la lande. La cloche ne sonnait à nouveau que lorsque lady Janet avait passé un peignoir. Et la vie reprenait. Et personne, jamais, à part sir John, ne vit lady Janet nue. Sauf peut-être quelques gamins espiègles cachés dans les chardons, mais cela l'histoire ne le dit pas.

Un chemin qui s'achève en une ligne va droit à l'entrée. J'arrive enfin à la tour et la contemple. Il y a deux bancs vides de chaque côté qui se font face. J'entre et me tiens au milieu d'un cercle. Il y a plusieurs arches en fait, que l'on ne pouvait deviner sur les photos et l'on voit la mer depuis chacune ; le ciel est bleu comme si c'était soudainement l'été. J'y suis. Je suis dans la Lady's Tower, mon fond d'écran. Je touche les pierres pour me convaincre de cette réalité, puis contemple la mer à l'infini, bercé par le bruit du ressac et de la brise qui siffle entre les pierres. Au loin, sur l'horizon, passe une voile blanche. Je tourne lentement sur moi-même, je n'en reviens pas d'être là. Je suis heureux et léger.

Je descends sur la plage et trouve la grotte abritée de la lumière, creusée à même une roche dure comme du fer. C'est là que lady Janet se dévêtait et s'avançait nue jusqu'aux premières vagues. La plage où elle se baignait est pareille à une petite crique de sable pourvue de rochers rouges et ocre, quasiment ronds pour certains, qui font ressembler cette partie de la côte à un décor de science-fiction – une sorte de Mars qui posséderait une mer.

Je remonte près de la tour pour découvrir que l'un des bancs est désormais occupé par une jeune femme qui lit, en plein soleil, ses cheveux noirs et longs balayés par la brise. Elle porte des lunettes et un manteau beige. Je m'assois sur l'autre banc, à plusieurs mètres d'elle. Il ne se passe rien durant une bonne minute. Elle, absorbée par sa lecture, moi par le paysage. Puis elle lève les yeux de son livre et nos regards se croisent. Je lui souris. Je plisse les yeux pour voir la couverture du roman et elle la met bien en évidence devant son visage afin que je la voie.

Dans quelques instants nous engagerons la conversation sur le livre, car moi aussi je l'ai lu, il y a quelques années, puis nous nous retrouverons dans un pub presque désert, près d'une cheminée où rougeoient les restes d'un feu, à échanger en anglais sur la France et l'Écosse, sur mon accent français, sur la Lady's Tower. L'histoire de me rendre dans mon fond d'écran lui plaît beaucoup. Lorsque je lui nommerai mon ancien métier en lui disant que je l'ai quitté, elle se contentera de hocher la tête gravement. Elle s'appelle Mary, travaille dans une poterie située dans un village proche. Elle fait des vases, des tasses, des assiettes. Je regarde ses mains qui donnent forme à de la terre humide sur un tour de potier. Elle me dira qu'elle est là depuis deux ans. À aucun moment elle ne mentionnera un mari ou un compagnon ; elle m'invitera à passer la voir là-bas, à la poterie, et je penserai que la lumière que j'ai vue m'a peut-être envoyé Mary afin de ne pas me faire regretter mon retour parmi les vivants. Je la regarderai et là, elle tournera son visage vers la vitre ensoleillée et je me demanderai si ce n'est pas avec elle que j'avais rendez-vous.

Rendez-vous depuis toujours.

En fait non, je ne me le demanderai pas.

Je le saurai.

Depuis le début de l'après-midi, je n'ai eu qu'à attendre l'arrivée de Nathalia. J'avais calé Lemont et Robotti, l'un après l'autre. Mes deux complexes d'Œdipe… c'était la première fois que je les plaçais dans cet ordre et comme si un malin génie avait décidé que c'était inacceptable, les deux ont manqué leurs séances.

Ensemble, les *twin complex*, comme s'ils s'étaient concertés. J'ai d'ailleurs songé à cette possibilité. Bien que les patients ne se croisent jamais dans la salle d'attente, je ne sais rien de l'escalier de l'immeuble, du hall ou encore du café où peut-être ils attendent avant leur rendez-vous. Garcia, la restauratrice de tableaux, en dépression mélancolique, a bien fait sa vie avec Champerrois, mon maniaque atteint de TOC (troubles obsessionnels compulsifs). Il ne sortait que ganté et se lavait les mains vingt fois par jour. Ils ont brusquement cessé l'analyse, m'annonçant chacun à leur tour leur coup de foudre et la fin de leurs problèmes. Je n'ai jamais su comment ces deux-là s'étaient rencontrés.

— Merci pour la promenade sur la lande écossaise, c'était très revigorant, dis-je.

— Je vous en prie, me répond-elle en souriant sans quitter le mur des yeux.

J'ai, bien sûr, vérifié si la Lady's Tower existait et j'étais certain de la réponse : les images sont apparues sur mon écran et elles correspondent en tout point à la tour du récit.

— Je suppose que vous êtes déjà allée dans cette région et à l'intérieur de cette tour.

— Jamais. Un jour, j'irai peut-être.

Ment-elle ? Ou pas… comment savoir ?

— Pourtant, on s'y croirait en lisant vos pages.

À nouveau un « Merci » très sage, accompagné d'un : — Ça prouve que je progresse dans mes récits.

L'espace d'un instant, j'ai le sentiment d'être un éditeur qui discute avec un auteur débutant. Du moins j'imagine qu'ils ont ce genre de conversations. Il est temps de reprendre nos rôles respectifs : thérapeute et patient.

— Un homme qui rentre dans son écran d'ordinateur. Dans une image. Pour la vivre en réalité et qui rencontre dans cette même image une femme qui paraît être la promesse de l'amour enfin trouvé.

— Quel beau résumé, fait-elle avec calme.

Je ne relève pas, je poursuis :

— D'un côté, l'image et de l'autre, la vie. La frontière est abolie dans votre récit. Votre métier est de produire des images.

Elle reste silencieuse, puis :

— Il m'a demandé de le photographier dans son appartement. Il avait l'intention de tout vendre. « Je veux garder juste un souvenir de ma vie d'avant et de qui j'étais », m'a-t-il dit. Sur ma photo, il est assis sur son canapé, je lui ai demandé de poser ses mains sur ses genoux et de me regarder fixement. Je voulais que la photo ait un côté David Hockney. Vous voyez les portraits de Hockney ? Cette immobilité un peu étrange.

Je hoche la tête. Je vois très bien qui est David Hockney. Je suis allé à une exposition à Beaubourg avec ma femme. J'en ai vu aussi dans des musées.

— Je lui ai demandé où il voulait partir, poursuit-elle. « Loin, m'a-t-il répondu, mais d'abord j'ai un lieu à visiter », a-t-il ajouté dans un sourire. Il n'a rien dit de plus, je n'ai pas insisté. J'ai fait ma photo. « Je vous ferai signe, un jour », m'a-t-il dit lorsque je lui ai remis le tirage et qu'il m'a réglé en espèces, comme je le fais avec vous. Et c'est vrai, un jour, il y a peu, il m'a fait signe.

— Comment savait-il que vous étiez photographe ?

— Il m'avait vue faire des photos dans la cour : je photographie l'arbre à chaque saison. Nous avions un peu parlé ce jour-là.

Elle ne dit plus rien. Je n'insiste pas. Je reprends mon idée :

— Il entre dans une image, la voit dans la réalité et se libère.

— Il se libère même avant, précise Nathalia, il fait un choix. Il change de vie. Il prend une décision.

— Et vous, Nathalia, quel choix avez-vous fait ?

— Celui de venir vous voir.

— La séance est terminée, dis-je. Elle dépose les billets sur le bureau et, comme à l'usage, un indice.

— Tenez, dit-elle en me tendant une carte de visite imprimée assortie de la photo d'un cottage. C'est l'adresse de leur maison, il y a des chambres d'hôtes, si vous voulez faire un séjour en Écosse, ça a l'air joli.

— Attendez, qui vit dans l'appartement aujourd'hui ?

— Personne, me répond-elle. Les volets sont fermés depuis plusieurs mois. Il ne l'a pas mis en vente. Je pense qu'il a les moyens de le garder.

Elle est partie. Je vais sur le site pour découvrir The Thistle Cottage, l'auberge du chardon. Un couple souriant sur le pas de la porte. Mary et Marc, et quelques lignes biographiques sur chacun, dans l'un des onglets : elle travaille en effet dans une poterie, elle est Écossaise, il est Français, il a fait sa carrière dans la finance internationale avant de choisir *a new life*. Il est précisé qu'il a également participé en tant que mécène à la restauration de plusieurs phares de la région. Rien sur la *near death experience*, ni sur le lieu de leur rencontre. Pourtant, deux éléments : le village est tout proche de la tour en question et le second : Marc Lacour existe, j'ai sa photo sous les yeux, sur l'écran du Net. Un homme au sourire franc et apaisé. Les gens qui sont passés de l'autre côté et ont vu ce tunnel et cette lumière ont-ils tous ce sourire ? Que savent-ils que nous ne savons pas ?

Ce matin je me suis réveillé aux aurores, et dans l'appartement silencieux le petit jour filtrait à travers les rideaux jaunes. Cela donnait une impression de soleil assez étrange. Et je me disais mentalement que nous étions en été ; j'arrivais à m'en persuader très facilement et cela me rassurait.

Comme sur mes patients, le temps influe sur moi et je n'ai pas ouvert les rideaux, je ne voulais voir ni pluie ni ciel gris. Je suis entré dans l'ancienne chambre de ma fille, que ma femme a réquisitionnée pour y agrandir son bureau et y entreposer tous les documents du journal. Sur l'étagère, les disques laissés par Catherine formaient une petite pile, il y avait aussi quelques livres et un paquet de cigarettes vide, dédicacé par un chanteur qu'elle vénérait et dont je n'arrivais pas à lire l'écriture. Cet objet était plus précieux que tout pour elle, avant, et elle l'a oublié.

Le rapport à l'objet fétiche, la pensée magique et les textes sur le sujet me revenaient en mémoire, mais il était tôt, je n'ai pas approfondi le sujet. J'ai regardé les pochettes des albums, les noms des chanteurs ne me disaient rien, mais la couverture d'un des disques m'attirait : turquoise, comme peinte au rouleau, on voit un homme vêtu d'une chemise mauve, assis à l'envers sur une chaise ; il se tient la tête, a l'air à bout. Alain Bashung.

J'ai mis le disque, turquoise lui aussi, dans le lecteur CD – pas trop fort car ma femme dormait encore – et j'ai fait défiler les pistes au hasard. Un son métallique et pur, presque religieux, a rempli la pièce puis la voix désabusée du chanteur a entonné des couplets étranges où il était question d'un apiculteur, de serments et de certitudes.

Catherine adorait cette chanson, elle l'écoutait en boucle. Je me souviens de cet air entêtant qui ressemble à un sermon, de cette voix qui paraît parler du fond d'une chapelle, implorant des anges ou des jeunes filles. Puis les couplets sont tombés, scandés par Bashung : une oasis, une allée d'épagneuls dociles et couchés.

Mon rêve de l'autre nuit. Les paroles d'un chanteur que j'ai oubliées depuis des années. Le cerveau est vraiment un territoire inconnu, tout est là me disais-je, caché entre le hasard et l'effort thérapeutique. Et un autre sentiment me gagnait, une affection débordante, je pouvais mettre un nom dessus.

Un prénom : Nathalia. Assis dans l'ancienne chambre de ma fille, ce que j'éprouvais n'était pas de l'amour. C'était plus fort encore : j'aurais voulu que Nathalia soit ma fille.

Elle a quelque chose de moi, me disais-je.

Maintenant ma femme et moi prenons le petit-déjeuner. Café au lait pour elle dans une tasse, café noir pour moi dans un bol.

J'ouvre l'enveloppe en kraft. Elle contient huit pages blanches agrafées. Je les fais défiler les unes après les autres entre le pouce et l'index.

— Ta patiente n'a plus d'inspiration ?

— Je ne sais pas… Elle veut peut-être arrêter, dis-je, contrarié.

— Dommage, c'était bien.

— Pardon ?

— C'était bien, ces récits… fait-elle en versant son lait.

— Tu les as lus ? dis-je en la regardant fixement.

— Elle ne ferme pas ses enveloppes et c'est distrayant.

— Distrayant ? C'est un exercice dans le cadre d'une thérapie.

— Il n'y a pas de secret médical, ce ne sont que des histoires, me répond-elle, désinvolte.

— Des histoires où elle parle d'elle. C'est privé, dis-je brusquement.

— Ça t'ennuie tant que ça que je les ai lues ? poursuit-elle en mélangeant son café au lait.

— Oui, dis-je, en écrasant le sucre récalcitrant au fond de mon bol, je veux bien en parler avec toi, mais pas que tu les lises.

— Et pourquoi ? Tu lis bien le journal, je suis responsable de beaucoup de choses que tu lis dans…

— Cela n'a rien à voir, ces textes sont pour moi. Moi seul.

Nous restons silencieux. Je touille mon bol dont le sucre semble avoir décidé de ne pas fondre ce matin.

— D'après toi seul, ironise-t-elle, pourquoi les pages sont blanches cette fois ?

— Elle n'a pas trouvé de nouvelle histoire pour se mettre en scène. Ou elle veut arrêter.

— Tu ne la reverras jamais alors… arrête avec cette cuillère, tu vas casser ton bol.

— Le sucre ne fond pas.

Elle hausse les yeux au plafond avec une moue atterrée. Puis elle repose les yeux sur moi.

— Tu es contrarié.

Je ne réponds pas.

— Tu y tiens à cette patiente.

— Oui, je tiens à tous mes patients.

— Ils n'ont pas tous autant d'imagination, dit-elle. Au fait, elle est aussi jolie qu'elle a de l'imagination ?

J'ai envie de répondre que oui, elle est jolie, très jolie, les autres sont banals et moches à côté de Nathalia. Mais ma femme me poserait trop de questions, je n'ai pas envie de parler avec elle. Après tout, les gens payent pour parler avec moi.

— Je sais pourquoi les pages sont blanches, dit-elle.

— Vas-y, je t'écoute.

— C'est sur ce ton que tu leur parles… ? Ils ne doivent pas être très bavards tes pauvres patients.

Je ferme les yeux et je prends l'intonation de Malevinsky pour prononcer sa phrase d'ouverture rituelle :

— À quoi pensez-vous ?

— Je pense, dit-elle… qu'il n'y a personne, au quatrième étage.

— Il n'y a personne au quatrième étage.

— Bravo, docteur, fait-elle en frappant lentement des mains à trois reprises.

Pour une fois, ma femme me surprend. C'est elle qui vient de me donner un piolet pour continuer à gravir la façade nord, cette plaque glissante de l'inconscient, mais je me garde bien de dire à Nathalia que l'idée n'est pas de moi. Ma femme n'a rien à faire entre nous.

— Et pourquoi il n'y a personne à cet étage ?

— C'est une histoire de procès dans une famille, me répond-elle ; la vieille dame qui est morte il y a cinq ans n'a pas laissé de testament. Il y a des scellés sur la porte.

— Vous auriez pu me parler d'elle. Vous m'avez bien parlé du trader, il n'habite plus votre immeuble.

— Il y a cinq ans, je n'étais pas là. Je l'ai toujours connu inoccupé.

Je ferme les yeux et j'inspire profondément ; dans le silence de la pièce, cela va donner un peu plus de poids à ce que je vais dire par la suite. J'ai remarqué ce phénomène, je fais cela quand le patient est un peu trop sûr de lui, quand il oublie qu'il est sur le divan et que les mots qu'il prononce ont de la valeur pour moi, et pour lui, sans qu'il le sache.

— Je vais vous dire ce que je pense : je pense que vous considérez m'avoir tout dit de vous, c'est pour cela que vous arrêtez.

— Vous voudriez que je m'arrête ?

Cette fois, c'est moi qui n'ai rien à répondre.

Le silence de la pièce commence à se doubler d'un sentiment que j'ai déjà éprouvé en quelques occasions : l'inquiétante étrangeté. Freud. Ces deux mots me reviennent en mémoire, ainsi que la discussion que j'avais eue avec Malevinsky. J'avais à peu près l'âge de Nathalia et il était mon maître. À cette époque il me paraissait très âgé, j'étais un jeune émule épris de psychanalyse et je suivais ses cours avec passion. Nous avions peu à peu sympathisé et il lui arrivait de me proposer de prendre un café chez lui, quai de la Mégisserie. Il fallait passer devant les marchands d'animaux de compagnie et de plantes vertes qui tenaient commerce sur le quai, avant d'accéder à la porte de son immeuble. Malevinsky aimait bien s'installer confortablement dans un fauteuil et se perdre dans des pensées étranges dont il faisait part sous forme de phrases courtes et énigmatiques. Ce jour-là, nous discutions d'un point précis de l'analyse : l'inquiétante étrangeté, définie par Freud et que Malevinsky avait rebaptisée : certitude incertaine. Je lui demandai ce qu'il entendait par là et comme à son habitude sa réponse emprunta des chemins détournés :

— Vous êtes passé devant le marchand d'oiseaux en bas ?

— Oui.

— Avez-vous remarqué ce jeune perroquet bleu et jaune dans la petite cage près des palmiers ?

— Non, je ne l'ai pas vu.

— Vous le regarderez en redescendant. Il vient de naître il y a deux semaines.

Le silence s'installait. Je tentais un :

— Et alors ?

— Alors, un perroquet a une durée de vie d'une centaine d'années.

Comme je ne répondais pas, il poursuivit :

— Avez-vous pensé, jeune homme, que cet animal nous survivra ? Plusieurs dizaines d'années après ma mort et après la vôtre, cet oiseau sera toujours là.

Comme je restais silencieux, il ajouta :

— Et vous éprouvez un sentiment précis en y pensant.

— Oui. Un sentiment d'étrangeté… L'inquiétante étrangeté.

— Ou bien…

— Une certitude difficile à admettre… Une certitude incertaine.

L'an passé, au printemps je me suis rendu au marché aux fleurs pour acheter les plants d'orchidées que ma femme aime bien mettre en pots sur le balcon à cette époque de l'année. Mes pas m'ont mené vers le quai de la Mégisserie et vers la grande porte bleue de l'immeuble où demeurait Malevinsky. Après sa mort, j'ai toujours évité ce lieu – trop ému et nostalgique de nos conversations et de ce savoir qu'il me transmettait au compte-gouttes, malicieux et désabusé.

Mon regard s'est porté vers la vitrine du marchand d'oiseaux et, près du comptoir, perché sur une sorte de portemanteau, j'ai vu un perroquet jaune et bleu. Gros, adulte, le volatile a semblé me regarder, il a plissé son petit œil dans cette gangue de ridules caoutchouteuses qui forment sa paupière et a obliqué de la tête. C'était lui – l'oiseau qui me survivrait.

J'ai bien envie de saborder l'analyse et de parler avec elle vraiment, de lui demander pourquoi elle est ici, sur mon divan, et ce que veulent dire ces récits, jamais inventés, jamais réels. D'ailleurs si j'y pense, c'est elle qui m'a soufflé l'idée des récits des étages. En me disant qu'elle écrivait son journal et regardait ses voisins, je n'avais guère d'autre choix en tant qu'analyste que de lui demander de m'en faire des récits. Elle était tellement silencieuse que l'écrit paraissait le seul moyen de communiquer. Cette idée est d'elle, pas de moi ; tout vient d'elle depuis le début.

— Nathalia ?

— Docteur.

— Vous n'êtes pas en dépression.

Elle reste silencieuse. Un silence que je prends comme un aveu.

— Vous êtes en quête de quelque chose, il y a une forme mystique dans votre recherche.

— Bien vu, docteur.

— Toute forme mystique possède son parcours et ses obstacles. Vous vous transformez à chaque épreuve en changeant d'identité.

— Pourtant ces gens existent.

— Oui, c'est important qu'ils existent dans la réalité ?

— Oui.

— Pourquoi ?

— Pour l'ensemble.

— Quel ensemble ?

— L'ensemble de la façade nord.

— Il n'y a que cinq étages, m'avez-vous dit.

— Oui.

— Nous arrivons à la fin.

— Oui.

— Qu'y a-t-il au cinquième étage ?

— Mlle Hitahido.

— Qui est-ce ?

— Une Japonaise, qui ne vient que deux fois quinze jours l'an, en automne et en été.

— Ce ne sera pas votre récit.

— Comment le savez-vous ?

— Vous ne m'avez jamais parlé de l'étage suivant avant de me le déposer.

— Exact. Ce ne sera pas mon récit.

— Qu'avez-vous vu, Nathalia ?

— Vous le saurez, docteur.

Je m'installe dans mon fauteuil, et je me frotte le visage lentement dans mes mains ; quand j'ouvre les yeux, mon agenda est ouvert et la liste des patients de l'après-midi s'étale sur la page. Encore quatre. Dont

Robotti qui a repris rendez-vous. Il doit ses deux dernières séances ; mentalement je calcule combien cela fait et je le note en face de son nom. Nathalia partie, j'ai l'impression que ma journée est finie.

Je ne répondrai rien à Robotti de toute sa séance, ça lui apprendra.

Ma femme est déjà partie lorsque je me lève. La table du petit-déjeuner est prête, je ne comprends pas qu'elle ne m'ait pas réveillé. D'habitude, elle se lève à 7 heures pour être au journal à 9 heures.

Son réveil sonne à 7 heures, le mien à 8 heures. Elle prépare la table du petit-déjeuner et vers 7 h 30 vient me réveiller pour que nous le prenions ensemble.

Lorsque mon réveil sonne, une demi-heure plus tard, il signale en fait la fin du petit-déjeuner et de la lecture des quotidiens. Cela fait vingt-quatre ans que ça dure. Vingt-quatre ans que je me lève une demi-heure trop tôt. À raison de cinq jours de travail ouvrables par semaine, ma femme m'a donc privé de 6 240 demi-heures de sommeil ; 3 120 heures. Soit approximativement cent trente jours, soit approximativement quatre mois et demi de sommeil ; 11 millions 232 000 secondes de sommeil et pour la première fois, j'ai l'impression d'être en retard alors que je suis enfin à l'heure.

L'enveloppe brune est posée à ma place. Ma femme l'a ouverte et en a lu le contenu. C'est sûrement pour cela qu'elle a oublié de me réveiller. Ça m'irrite qu'elle l'ait lu et en même temps je trouve attendrissant qu'elle ait pris soin de refermer le papier kraft comme si de rien n'était. Moi, je ne le lirai qu'une demi-heure avant l'arrivée de Nathalia : un quart d'heure de lecture, un quart d'heure de réflexion sur ce qu'elle a écrit, juste après elle arrivera et nous en parlerons.

Cinquième étage

Je suis le dernier patient de Marco di Caro.

Je ne fumerai désormais que le 12 mars de chaque année à 16 heures précises.

Quiconque m'aurait connu avant aurait vu un autre homme. Un fumeur, avec ce qui faisait partie intégrante de mon corps : la cigarette.

Toujours coincée entre le majeur et l'index, ma cigarette blonde m'accompagnait du petit-déjeuner au coucher. Fidèle compagne depuis mes 15 ans, âge où en cachette de mes parents, j'achetai à un tabac situé près de la place du Châtelet mon tout premier paquet de cigarettes. — Un paquet de Gauloises et une boîte d'allumettes s'il vous plaît. La buraliste avait encaissé ma monnaie et m'avait tendu le petit rectangle bleu ciel. J'allais fumer cette marque durant quatre ans.

Je me souviens qu'il y avait beaucoup de vent ce jour-là : j'avais dû m'abriter derrière un panneau de travaux près du Pont-Neuf pour allumer, à la huitième tentative, ma première Gauloises. Des grains de tabac me restaient sur la langue. Le vent faisait luire le tison, la fumée bleue était immédiatement balayée dans l'air. Ce n'était pas très concluant. À cette époque je n'avais pas encore compris le truc pour avaler la fumée, je l'expirais donc par les narines, considérant cette opération délicate, effectuée sans tousser, comme étant déjà un petit exploit.

Les mois passant, je devins un expert dans l'allumage des brunes sans filtre et dans leur fumage. Fini le bout de cigarette qui se dépiaute sous la salive, fini les grains de tabac aigres et crissant entre les dents, je pouvais même la fumer en la maintenant coincée dans ma bouche. Cette opération paraît très simple aux non-fumeurs ou aux grands fumeurs qui ont oublié leurs débuts, mais arriver à fumer sa cigarette sans s'envoyer la petite colonne de fumée qui monte du tison en plein dans l'œil n'est pas à la portée du premier venu. Si, par malheur, vous fumez ainsi et que quelques petites volutes bleues viennent mourir dans votre globe oculaire, vous êtes bon pour la démonstration du type qui ne pleure que d'un œil : il se le frotte, se l'ouvre au grand air, grimace… Vous êtes ridicule. C'est une sensation, et là je m'adresse aux non-fumeurs, comparable à la coulée mousseuse de shampooing qui vient sournoisement s'immiscer dans votre rétine.

Vous remuez comme une carpe dans votre bain, vous jurez, vous vous ouvrez la paupière pour y jeter des grandes gifles d'eau pure – vous êtes ridicule.

Mais personne ne vous voit dans votre bain, ce qui n'est pas le cas dans un bar, un restaurant ou à une terrasse de café. Quand on fume, il faut faire cela bien, et j'étais doué. Très doué.

Au bout de quatre ans de Gauloises, ma période d'adultère commença. Un peu comme dans un couple, lorsqu'on s'est trop vite lassé de son partenaire, je partis à l'assaut des autres brunes et blondes. Le paquet de Gitanes, immortalisé par Serge Gainsbourg, allait remplacer définitivement mes Gauloises. Plus joli, plus pratique, bien que les dernières cigarettes qui se battent en duel dedans perdent toujours de leur rigidité à force d'être secouées dans la poche, je l'adoptai.

Ensuite vinrent les blondes aux choix étendus, toutes anglaises : Benson & Hedges, Dunhill rouges (mes préférées), Craven A, l'un des plus beaux paquets de cigarettes au monde, avec son rouge vif et sa tête de chat noir il a l'élégance d'une belle bouteille d'apéritif. Les blondes les plus chics sont assurément les Sobranie. Pour femmes elles ont le filtre doré et des papiers de toutes les couleurs : vert, bleu, jaune, violet. Très chics et très voyantes, il faut les garder pour des occasions précises. Le modèle pour homme, si je puis dire, est noir. Le bout filtre reste doré, mais le papier de la cigarette est d'un noir mat et profond, comme trempé dans de l'encre de Chine.

Après vinrent les essais sur le taux de nicotine et de goudron : les ligth, les super light, les ultras, les extras, les spéciales.

La cigarette était entrée dans ma vie comme une femme qu'on aime. Une femme qu'on peut retrouver à tous les coins de rue et qui s'offre pour quelques pièces, une femme toujours disponible, une femme dont on sait qu'elle vous est fidèle, qu'elle ne partira jamais. À moins de la rejeter violemment, alors elle laisse un tel vide dans votre cœur et vos poumons que vous vous précipitez pour la reprendre, et elle ne se fait jamais prier. J'étais amoureux de mes cigarettes. Je n'aurais pas conçu de passer une journée sans elles. De temps à autre, sur les conseils de ma femme, la vraie, j'essayais d'abandonner ma seconde compagne. Mais ma bigamie était si installée dans mon caractère que ces tentatives se soldaient toujours par une humeur exécrable pour moi, une crise de nerfs pour ma femme et un nouveau paquet de blondes acheté en hâte au bistrot du coin. C'était impossible. Pourtant je faisais des tentatives, dont ma plus grande joie était de les voir capoter. Lorsque nous partions à la campagne, j'étais toujours persuadé d'arrêter de fumer. J'avais laissé mes paquets et mes briquets, Dunhill, Dupont, Cartier, Zippo, à Paris.

Je fais une nouvelle petite parenthèse pour les non-fumeurs. N'est-ce pas chers amis, vous qui nous détestez, qu'il est bien doux d'avoir un mari, une maîtresse, un ami, un frère ou une sœur qui fume en période de fêtes et d'anniversaire ? Pour nous, les cadeaux sont toujours tout trouvés et on est certain de faire plaisir : un beau briquet, un joli cendrier, un paquet introuvable en France, un cigare de luxe et le tour est joué ! Jamais vous n'avez à vous torturer le cerveau avec des : qu'est-ce qui pourrait lui faire plaisir ? Vous le savez et cela vous arrange bien.

Revenons à mes week-ends au grand air.

Après trois cents kilomètres sans fumer, j'étais sérieusement à cran. Ma femme soupirait en prenant des airs résignés :

— Qu'est-ce que tu veux, allumes-en une.

— Je n'en ai pas emporté.

— C'est intelligent.

Nous arrivions en général vers midi. Après le déjeuner, le manque augmentait. Ma petite tasse à café en porcelaine demandait plaintivement où était sa grande amie au corps blanc qui fume. À 16 heures, ça devenait intenable. À 18, je frôlais la folie ; me promenant entre les arbres fruitiers, je cherchais désespérément un arbre à cigarettes. À 20 heures, au bord du coma, je m'absentais cinq minutes avant le dîner, prêt à faire 70 kilomètres en voiture pour trouver le premier tabac venu. Un week-end du nouvel an, j'ai même fait 130 kilomètres.

Voilà où j'en étais lorsqu'un soir nous sortîmes en couples pour une soirée théâtre. Après deux heures d'un spectacle rigoureusement incompréhensible pendant lequel j'avais essayé, sans y parvenir, de trouver le sommeil plusieurs fois, nous dînions à la terrasse d'une jolie brasserie.

— Cigarettes, Pascal ? proposai-je.

— Non… J'ai arrêté.

— Ah bon… Tu reprendras, fis-je en souriant.

— Ça m'étonnerait, me répondit-il, sûr de lui.

— Et pourquoi cela ?

— As-tu déjà entendu parler de l'hypnose ?

Je ricanai tout en allumant une de mes compagnes.

— Tu ne devrais pas rire, m'a dit Michel. Il n'avait pas tort, dans les semaines qui suivraient ce dîner, je n'allais plus rire, mais alors plus du tout.

De retour à la maison, ma femme et moi nous nous enlacions tendrement sur le lit. Une fois de plus je m'embrouillais dans l'attache de son soutien-gorge. Pendant que mes doigts aveugles cherchaient à ouvrir cette maudite boucle en plastique, elle me chuchota : — Tu sais, tu devrais aller voir cet hypnotiseur… en plus c'est à cinq minutes de chez nous. — Comment ? murmurai-je. — Je dis : tu devrais aller voir cet hypnotiseur. — Oui, oui… peut-être qu'il pourrait ouvrir ce truc, lui !

Elle passa les mains dans son dos et retira en une demi-seconde le sous-vêtement récalcitrant. Cette inaptitude à retirer les soutiens-gorge des femmes m'a toujours prodigieusement agacé, mais je suppose que je ne suis pas le seul homme atteint de cette tare.

Pendant que, les yeux fermés, je caressais d'une joue les seins de ma tendre épouse, elle reprit :

— Tu devrais y aller… tu m'entends ? Je relevai la tête vers elle, le menton calé entre ses seins.

— Mais enfin… de quoi parles-tu ?

— De cet hypnotiseur ! répondit-elle sèchement.

— Mais on s'en fout de cet hypnotiseur, dis-je en replongeant le visage dans ses seins.

Elle se releva brusquement.

— Non ! On ne s'en fout pas ! Moi je ne m'en fous pas ! cria-t-elle. Je la regardai, stupéfait.

— Enfin, c'est insupportable, dis-je, on est là ensemble, tranquillement, et tu me parles des délires de Pascal.

— Ce ne sont pas des délires, enchaîna-t-elle aussitôt, il a arrêté, il n'a pas allumé une cigarette de la soirée.

— Il reprendra.

— Certainement pas, affirma ma femme d'un ton décidé.

— Mais où veux-tu en venir ?

— Je veux en venir… Que j'en ai assez ! Voilà, j'en ai assez. Assez de cette odeur de tabac froid partout, assez de cette fumée dégoûtante, assez de retrouver tes cendres sur tous les meubles, de vider tes cendriers, de sentir le tabac sur mes vêtements. Regarde ! Regarde cette chambre, j'ai l'impression de faire l'amour dans un cendrier géant. Tes cheveux sentent le tabac, tes doigts sont jaunes, même ta langue a un goût de tabac.

— Comment ça, ma langue ?… C'est normal, je viens de fumer une cigarette.

— Eh bien, je ne supporte plus.

Cette scène entre nous m'avait conduit dans cette pièce blanche, très lumineuse et très calme : la salle d'attente de Marco di Caro, l'hypnotiseur. Sur la petite table en verre, je pris une feuille photocopiée, en haut d'une pile visiblement destinée aux patients. J'y lus tous les maux que prétendait guérir ce M. di Caro.

Mon regard naviguait entre « vaincre sa peur, faire son bilan mental, la clef de soi-même... ». Au chapitre des envies, je trouvais une liste impressionnante :

Envie de boire.
Envie de se droguer.
Envie de se ronger les ongles.
Envie de grignoter.
Envie de se laver. (Excessivement.)
Envie de dormir. (Tout le temps.)
Envie de se gratter.
Envie de fumer.
[...]

Voilà, je dépendais du chapitre des envies. Quel charlatan, pensai-je en moi-même. Il ouvrit la porte. Un immense gaillard aux cheveux longs et à la barbe grise. Imposant, ce fut la première définition qui me vint à l'esprit. Il me salua et me fit entrer dans son bureau.

Après lui avoir donné des détails sur ma personne – nom, prénom, âge, santé –, il me demanda quel mal m'amenait ici. Je lui exposai la conversation avec mon ami Pascal, l'envie d'arrêter de fumer :

— Vous n'avez pas l'air très convaincu.

— Non, et pour tout vous dire, je fais cela pour ma femme, c'est elle qui m'a obligé à venir ici.

— Obligé ? dit-il en souriant.

— Oui… Je vous préviens, avec moi ça ne marchera pas, j'ai essayé de nombreuses fois, sans aucun résultat et je ne crois pas du tout à l'hypnose.

— Venez avec moi, dit-il après un petit silence.

Je m'allongeai sur un grand divan de cuir. Il me demanda de respirer profondément, de faire le vide dans ma tête, d'imaginer une plage de sable fin, le souffle du vent, le ressac des vagues, le soleil sur ma peau, la douceur des grains de sable, des grains de sable, des grains de sable, des grains de sable, des grains de sable, des grains de sable, des grains de sable…

— Ouvrez les yeux. Je découvris à nouveau le décor. Depuis combien de temps étais-je parti d'ici ? Une heure, dix minutes, deux minutes, dix ans ?

Maintenant, je marchais dans la rue. — Essayez de ne pas fumer dans les heures qui viennent… Sa voix naviguait dans ma tête comme un petit nuage cotonneux. Moi-même j'étais cotonneux, comme trop reposé et pourtant parfaitement réveillé.

Je m'assis à la terrasse d'une brasserie et me commandai un café. Tout en buvant mon expresso sucré, je remarquai que l'envie de griller une cigarette ne s'était étrangement pas manifestée.

Envie de grignoter.

Envie de se gratter.

Envie de fumer…

La liste des envies me revenait comme une comptine pour enfants. Toujours sceptique, j'attribuai ce non-grillage de cigarettes à mon état endolori. Ce n'était pas possible, cela ne pouvait pas marcher.

Après le dîner, nous avons regardé *La Piscine*, avec Alain Delon, Maurice Ronet et Romy Schneider. C'est à peine si je remarquais lorsque les personnages allumaient une cigarette. Dans les films des années 1960 et 1970, tous les acteurs et les actrices fumaient. D'habitude, ce geste produit chez le spectateur-fumeur que je suis un réflexe mimétique. Pendant que la fin du film s'amorçait sur la musique de Saint-Preux, ma femme se blottit près de moi en me souriant.

— Ça marche, me murmura-t-elle à l'oreille. Je jetai un regard à mon cendrier. Il était vide, propre, luisant. Vide.

— Viens, j'ai envie de faire l'amour tout de suite. Ma femme m'entraîna vers la chambre. L'odeur était différente, un parfum de fleurs fraîches flottait dans tout l'appartement. Une bougie parfumée certainement. Elle avait dû vider tous les cendriers, ouvrir toutes les fenêtres pendant des heures, chasser cette odeur qui avait toujours été la mienne.

Je m'aperçus que le fait de ne plus fumer depuis maintenant une demi-journée plongeait ma femme dans un état d'excitation érotique jamais atteint. Perplexe, je fis l'amour avec elle en me demandant ce que cela serait au bout de quinze jours sans cigarettes.

C'est le lendemain que le charme se rompit. Je me balançais dans mon fauteuil et le mouvement m'amena à regarder le tiroir de mon bureau. Dedans, il y avait un paquet de Dunhill, presque plein ; mes petites amies blondes devaient s'y tenir bien serrées. Voilà, c'est fini, pensais-je, l'hypnose n'est pas inutile mais elle ne dure pas. Ce n'est pas tout à fait une escroquerie, puisque j'aurai tenu presque vingt-quatre heures, oui, c'est bien curieux l'hypnose, me disais-je en tirant une cigarette du paquet, bien bizarre cette expérience. D'une certaine façon, ça a marché, un truc surnaturel s'est produit, j'allumais ma cigarette, oui, il y a des régions inconnues de l'esprit, j'en convenais…

Quelque chose interrompit mes réflexions, quelque chose d'épouvantable, d'horrifiant. Ce quelque chose, c'était RIEN. La fumée bleue venait de faire son trajet habituel de mes lèvres à mes narines en passant par mes poumons. Je me figeai sur place, en proie à une angoisse démesurée. Comme au ralenti et sur le qui-vive, je réitérai l'opération.

RIEN. Je ne ressentais plus rien.

L'amertume blonde de la première cigarette de la journée, ce petit frisson entêtant qui vous monte au cerveau dès la première bouffée. Cette impression d'une gorgée d'un alcool fort et doux que l'on avalerait en même temps que la fumée, ce plaisir… Oui, ce plaisir. Il n'était plus là. Disparu, éteint. Je tirais sur ma blonde forte, recherchant le plaisir. Il devait se cacher quelque part, il allait se manifester, réapparaître.

Il ne réapparut jamais. Ma cigarette n'avait pas plus de goût qu'une bouffée d'air tiède un peu poussiéreux. Assommé, j'éteignis mon mégot dans le cendrier immaculé et restai immobile plusieurs minutes. Si quelqu'un était entré dans mon bureau à cet instant, voyant mon visage livide et mes yeux fixes, il aurait sûrement demandé : — Qu'est-ce qui t'arrive, tu as perdu quelqu'un ? Et j'aurais répondu : — Oui, j'ai perdu... mes cigarettes.

Je vécus cette disparition du plaisir de fumer comme si un pan entier de ma personnalité s'était effondré, impossible à reconstruire. Pire encore, comme si l'on m'avait amputé d'une jambe ou d'un bras, impossible à regreffer. On m'avait eu. On m'avait volé. Jamais je n'avais voulu cesser de fumer. Cette démarche hypnotique n'était destinée qu'à calmer ma femme.

La personnalité d'un être est une jungle complexe. Toutes les plantes et espèces qui la constituent ont un rôle essentiel à jouer dans son équilibre. Du plus gros arbre au plus infime moustique. Éliminez un maillon de la chaîne, elle s'effondre. L'écosystème est bouleversé. La disparition d'une plante entraîne la mort d'une espèce dont se nourrissait une autre, qui elle-même s'éteint, provoquant la disparition d'un arbre qui l'abritait, qui à son tour modifie le comportement d'un oiseau, qui modifie celui d'un mammifère.

L'homme est pareil : enfance, adolescence, amour raté, travail, femme, argent, appartement, sont les bases de sa forêt intérieure. Le départ de sa femme, l'affectation à un autre poste, la rencontre d'un ancien amour, le changement de lieu de vie, la perte d'un être, la privation d'argent, l'impossibilité de pratiquer un sport qu'il aime, la disparition d'un désir ou d'un plaisir vont le bouleverser, le modifier – parfois l'anéantir. Il tentera alors désespérément de revenir en arrière. Poursuivant cet autre qui n'est déjà plus lui, il s'enfoncera dans des abîmes obscurs. Ces ténèbres intérieures le conduisent dans les couloirs les plus noirs de son âme. Ils débouchent le plus généralement sur la dépression, la maladie, le suicide, le meurtre ou la folie.

La police vint me voir pour son enquête de routine. Ils avaient trouvé mon nom dans l'agenda de di Caro. Je leur racontai l'histoire de mon envie d'arrêter de fumer. Un inspecteur me demanda si cela avait marché, car lui aussi souhaitait arrêter depuis des années. Lorsque je lui dis que la séance d'hypnose avait parfaitement fonctionné, il secoua la tête d'un air franchement dépité. — Si seulement j'avais rencontré ce gars-là... furent ses dernières paroles avant de me serrer la main et de quitter ma vie pour toujours.

C'était il y a un an.

Depuis ce jour j'ai décidé que je ne fumerai qu'une cigarette, le 12 mars de chaque année, à 16 heures précises. Date et heure auxquelles la tête de Marco di

Caro heurta l'arête de sa cheminée en marbre, après un violent corps-à-corps déséquilibré. J'allume une seule cigarette à ce moment précis de l'année. Elle n'a aucun goût. Je le fais juste pour ne jamais oublier ce que je suis : un meurtrier.

— Nous sommes le 12 mars, il est 16 heures, vous ne fumez pas docteur ?

Je la regarde. Nathalia vient de prononcer cela sans se retourner. J'ouvre le tiroir de mon bureau, le paquet et le briquet bic bleu ciel m'y attendent. Je sors la longue cigarette blanche, je porte le filtre à mes lèvres et le briquet bleu craque.

J'entends le crissement des grains de tabac qui deviennent braise, la première bouffée dans mes poumons puis son expiration tout en me faisant tourner la tête me libère tellement que j'en ferme les yeux. Et maintenant je revois tout. Je sais pourquoi depuis le début je veux absolument savoir si les récits de Nathalia sont vrais ou faux. Parce que je sais qu'elle va vers moi.

La façade nord, au fond de la cour. Ce lieu, j'y suis retourné des milliers de fois par la pensée. J'ai même l'impression d'y être resté, je ne me doutais pas à quel point c'était vrai.

— Vous me faites rire, vous… les psys et les avocats, vous pensez pouvoir tout expliquer.

— Poursuivez.

— Il n'y a rien à poursuivre, docteur. Il n'y a rien de plus simple qu'un meurtre. Voilà tout.

— Le passage à l'acte est simple selon vous ?

— Très simple, je vous le dis.

Il y a quelques années, ce patient m'avait été envoyé pour trois séances d'analyse par la brigade criminelle, pour un « supplément d'enquête en vue de cerner au mieux la personnalité ambivalente de cet individu ».

P. S. avait assassiné sa femme, sa maîtresse et son patron dans la même après-midi et s'était laissé appréhender par la police sans résistance. J'étais censé traquer la pulsion, la suivre jusqu'au terrier des angoisses et en déduire de profonds traumatismes liés à l'enfance ou encore à une brisure affective qui restait à définir.

Mais il n'y avait rien dans le terrier de P. S.

— Que cherchez-vous ? me lança-t-il, extrêmement calme, tandis que trois officiers de police armés l'attendaient dans ma salle d'attente. Il n'y a rien à trouver, ajouta-t-il, j'ai tué mon patron parce qu'il me faisait chier depuis quatorze ans, ma femme pour la même raison, ma maîtresse aussi. Je les ai supprimés parce que tous m'avaient pourri la vie.

Et pour la première fois je ne trouvais rien sur quoi rebondir, aucune question supplémentaire à poser. Je me contentais d'écouter et cela paraissait en effet très simple. Horriblement simple. Le passage à l'acte n'était finalement qu'une décision comme une autre. Prendre un train, demander la main d'une femme, donner sa démission, tuer quelqu'un.

— Vous pensez que c'est compliqué de tuer ? Pas du tout, c'est simple, c'est fragile un corps, un coup de marteau bien ajusté contre la tempe, un oreiller contre le visage, une 22 long rifle bien cadrée…

— Votre arme.

— Oui, j'ai fait au plus simple. Vous n'avez jamais souhaité la mort de qui que ce soit, vous ?

Que répondre à cette question ? Oui, bien sûr, comme tout le monde – en théorie. J'ai souhaité la mort de cet étudiant en médecine qui était sorti avec une ravissante Italienne de troisième année sur laquelle j'avais des vues. Enfin… La mort, je ne sais pas si j'aurais versé du cyanure dans son café, mais à bien y réfléchir, peut-être en aurais-je été capable sur le moment. Il y a eu aussi Framantonni qui a pris la direction du cercle analytique après la mort de Malevinsky, alors que cela aurait dû être moi. Je le considérais comme un ami et il avait intrigué dans mon dos des mois durant sans que je le sache. Darouelle aussi, en troisième année de médecine. Ce professeur m'avait dans le nez, il avait décidé de me faire échouer et y était parvenu, me faisant redoubler à la suite d'un oral vicieux. Durant l'été, il est mort dans un accident d'avion au sud de la Corse et lorsque j'avais appris cela en septembre, j'y avais vu une forme de justice. Pourtant entre souhaiter et faire, la marge me semblait grande, ce jour-là.

— Selon vous, c'est une pulsion ou un acte pensé ?

— Appelez ça comme vous voulez, à un moment ça libère, il faut que ça sorte.

— Il y a préméditation dans votre cas.

— Oui, je suis un homme intelligent, j'ai eu quelques heures pour y penser et j'ai fait mon choix.

— La colère vous a motivé ?

— Oui.

— Soupçonniez-vous une telle violence en vous ?

— Non.

— Vos parents ? Quel était votre environnement familial ?

— Des gens simples. Des agriculteurs du Cantal. Rien à dire sur eux, ni sur leurs amis. J'ai eu une enfance et une jeunesse très heureuses. Ma sœur aussi. Elle est toujours là-bas, elle tient un bar à Massiac.

Après un temps de silence, je lui dis qu'il m'était impossible de le déclarer irresponsable ou souffrant d'un quelconque trouble. Sa défense allait en être affectée. Il n'avait aucune excuse.

Lorsqu'il s'est relevé du divan, il m'a regardé en souriant.

— Pourquoi souriez-vous ?

— Je dois vous décevoir, je ne suis pas un tordu ou un psychomachin.

— C'est ça qui m'effraie.

— Quoi donc ?

— Votre normalité.

Il n'avait rien répondu, puis lorsque les trois officiers de police étaient venus le chercher et lui passer des menottes inutiles, P. S. s'était tourné vers moi et avait juste dit :

— Tout le monde peut tuer, c'est aussi simple que d'allumer une cigarette.

Il avait levé le menton vers les policiers en désignant ses mains entravées. L'un d'eux avait fouillé dans la veste de P. S., en avait retiré un paquet de cigarettes et lui en avait collé une dans la bouche, puis ils avaient tâtonné leurs poches à la recherche d'un briquet.

— J'ai pas le droit au briquet, avait ricané P. S.

Un des inspecteurs m'avait regardé.

— Vous avez du feu, professeur ?

Je ne sais d'où lui était sorti ce professeur que je ne suis pas, mais j'avais allumé la cigarette de P. S.

— Gardez-le, avais-je ajouté en tendant le briquet à un des flics.

P. S. avait hoché la tête en signe de reconnaissance puis tous les quatre étaient sortis du bureau. P. S. était boucher, son patron possédait la chaîne du Groin rose, label de France – la qualité de chez nous, sa femme était caissière à la boucherie et sa maîtresse était mariée au traiteur en face de son magasin.

Il a pris trente ans. Tout le monde peut tuer. Oui, tout le monde, moi le premier. Pour le motif le plus futile qui soit. Et il fallait que ça sorte, ce boucher avait raison. Effroyablement raison. Tout le monde peut tuer, un jour. Et même ne pas se faire prendre.

— Votre dernière photo… Vous l'avez apportée ?

En fait, il y en a trois.

Disposées sur mon bureau, on dirait un triptyque de Francis Bacon. Nathalia avait choisi cette après-midi-là d'expérimenter les temps de pose en mouvement. N'ayant pas de modèle, elle s'était mise à la fenêtre et pensait shooter quelques clichés de l'avancée du soleil sur la façade, côté nord. Elle verrait au développement comment rendraient la lumière et le bougé artistique. Au lieu du numérique, elle avait utilisé un Rolleiflex argentique et une focale très rapprochée. À travers la fenêtre du cinquième, elle a aperçu di Caro qui dormait sur un canapé. Il avait, paraît-il, l'habitude de faire cela pendant une petite demi-heure après un rendez-vous. Il était ainsi depuis une dizaine de minutes et Nathalia l'observait. Il s'est retourné sur le canapé – craignant qu'il ne la voie et ne prenne ses essais photos pour de l'espionnage, elle a fait un pas en arrière, se dissimulant dans la pénombre de son appartement. C'est là que je suis arrivé.

C'est là qu'elle a entendu les premiers coups de sonnette. C'est là qu'elle a vu le coup de poing, la galopade dans les pièces et le corps-à-corps déséquilibré comme elle l'écrit.

C'est parce que le quatrième étage est vide que personne n'a entendu. Marc Lacour, le trader du troisième, devait être devant ses écrans à la Défense. En dessous, Vincent Véga, le parolier, réfléchissait à une nouvelle chanson, un casque sur les oreilles, sa chatte Belphégor endormie sur ses papiers. Au premier, Alban écoutait France Info devant sa planche à dessin. Alice Larjac, la coach du rez-de-chaussée, était en plein rendez-vous téléphonique avec l'un de ses abonnés.

Personne pour entendre, une seule pour voir. Elle a shooté trois photos, sans avoir le temps de régler l'appareil.

Triptyque d'un meurtre par Nathalia Guitry et le docteur Faber :

À gauche : mon dos masque la moitié de la photo, la coupant ainsi en une diagonale noire. Le visage de di Caro se relève vers moi, sa bouche est rouge et tout son mouvement s'est imprégné dans l'image, l'enrobant ainsi d'un flou de chair rose et donnant à l'éclat de ses pupilles une étincelle blanche qui s'agite en zigzag figé dans la photo.

Au centre : abstraction de mouvement. La bouche de di Caro ensanglantée semble hurler dans toute l'image alors qu'il est déjà mort. Le temps de pose s'est cette fois concentré sur les dents et l'effet est horrifiant, il possède plusieurs mâchoires et dix dentitions.

À droite : un profil, où l'on me reconnaît parfaitement, fuit vers la gauche du cadre accompagné d'une immense traînée noire, comme un spectre.

C'est moi, c'est ma veste noire qui déborde dans l'image contrastant avec mon profil d'une blancheur évanescente et d'une netteté totale, comme découpé au rasoir dans l'image. Autour de moi tout est dissous dans le mouvement. Figé.

Cela m'avait rendu fou que cet hypnotiseur m'ait privé de la joie que me procuraient mes cigarettes. Je suis retourné chez lui dans un état d'excitation que je ne me connaissais pas.

J'éprouvais la colère dans sa forme la plus pure. Il n'y avait personne ce jour-là. S'il avait été avec un patient ou si sa salle d'attente avait été pleine, j'aurais été sauvé. Sans doute ne donnait-il pas de rendez-vous cette après-midi-là, je ne saurai jamais.

Ce que je sais, c'est que j'ai sonné à plusieurs reprises.

J'entends encore le bruit de la sonnette, longue et grelottante, qui jouait sur mes nerfs, faisant monter encore un peu la tension dans laquelle j'étais. Lorsque enfin il a ouvert, j'ai presque poussé la porte sur lui et c'est sur un ton comminatoire que je lui ai dit de me rendre ce qu'il m'avait pris. Il m'a regardé en souriant, puis a éclaté de rire.

Je crois que la situation l'amusait au plus haut point : le client fumeur, dépendant du chapitre des envies, qui vient demander qu'on lui rende son envie. Faber, le psychiatre de renom, l'élève de Malevinsky, à la merci d'un charlatan d'hypnotiseur. Je voyais ses dents légèrement jaunies et sa barbe dont la moustache comportait une teinte couleur thé, typique du fumeur, détail que je n'avais pas remarqué la première fois. Et en moi-même, je pensais : escroc, tu es fumeur et tu en dégoûtes les autres. Traître. Il continuait de rire et j'ai balancé mon poing dans cette bouche de traître. Il est parti en arrière puis comme je le regardais, stupéfait par ce que je venais de faire, il a relevé la tête vers moi, sa bouche était pleine de sang.

Il a voulu me mettre dehors en me prenant d'autorité par le bras, mais je me suis faufilé jusqu'à son cabinet et lui me poursuivait en criant :

— Mais c'est fini ! C'est fini !

Oui, ça allait être fini.

Je me souviens avoir écarté les mains devant moi pour qu'il ne m'approche pas et avoir dit :

— Je suis... désolé de vous avoir frappé, mais je vous paierai... je vous paierai très cher pour annuler ce sortilège, endormez-moi et rendez-moi...

Il ne m'a pas laissé finir ma phrase et m'a saisi par le col de ma veste noire qui s'est déchirée. J'ai résisté. Je me suis débattu et sa bouche rouge prononça le mot « fou » à plusieurs reprises. Alors, j'ai jeté tout son corps vers l'arrière et il a basculé. Sa tête a heurté l'arête de la cheminée en marbre noir. Il s'est écroulé et ne bougeait plus, assis, dos à la cheminée, les jambes écartées, les yeux et la bouche grande ouverte. Moi, je n'entendais plus que ma respiration. Je me suis approché de lui, j'ai pris son pouls. Il était mort.

Après je me souviens d'une porte qui claque, des marches en pierre de l'escalier qui semblaient ne jamais finir et j'avais l'impression de courir vers l'enfer. Moi, homme de médecine et de raison, je venais de tuer un autre homme.

Les jours suivants, la rubrique des « faits divers » du *Parisien* en faisait un résumé dans sa prose laconique : « Paris 17e : un homme pratiquant la profession d'hypnotiseur a été découvert mort dans son appartement par sa femme de ménage. Le décès remonterait à deux jours, il semble qu'une altercation avec un tiers ait été à l'origine du drame. L'enquête est en cours parmi ses patients et son entourage familial : son ex-femme ainsi que sa sœur, avec laquelle il était en conflit pour un héritage, ont été interrogées hier. L'homme n'avait pas d'enfants ni de compagne connue. »

Nathalia s'est assise sur le divan et moi j'écrase ma cigarette.

- Comment m'avez-vous trouvé ?

— Je vous vois tous les jours.

— Je ne comprends pas.

— Ouvrez vos rideaux, comme vous le faites tous les soirs à 19 heures.

Je la regarde puis me lève et ouvre en grand les rideaux rouges.

Le soleil inonde la pièce.

— Vous n'êtes allé que deux fois à la façade nord, mais elle n'a pas changé de place. N'est-ce pas ?

Je regarde cet immeuble de pierre blonde, que je vois tous les jours de mes fenêtres ; qui est si proche d'ici. C'est d'ailleurs un des arguments qui m'avait décidé à y aller. Je n'aurais pas traversé toute la ville pour rencontrer un hypnotiseur. Nathalia a bien vu les choses, son récit est quasiment vrai sur tous les points, excepté celui du regain d'érotisme entre ma femme et moi. Mais je lui passe volontiers cette petite erreur.

— Ce que vous voyez, c'est le côté rue. C'est moi, les deux fenêtres ouvertes. Lorsque vous êtes parti en courant, je n'ai eu qu'à traverser mon appartement pour vous suivre, vous êtes rentré ici. Le lendemain vous avez ouvert votre fenêtre. J'ai reconnu votre silhouette. Cela m'a donné l'étage. La plaque en bas de l'immeuble m'a donné votre nom et votre profession.

Je viens me rasseoir à côté du divan.

— Le reste, les étages, c'est imaginé ?

— Oui et non. Imaginaires ou réels, comme vous m'aviez dit. J'ai fait les deux. Alice Larjac habite bien là et son vrai nom est en effet Marie-Edwige de La Tourrière. Ce qui l'a menée au coaching sur le Net ? Je n'en ai aucune idée et elle ne m'en a pas parlé. Sur Aïcha : elle me l'a présentée au café comme sa meilleure amie. Où se sont-elles connues ? Je l'ignore. J'ignore aussi ce que fait Aïcha – j'ai inventé l'assistante personnelle d'un grand patron. Peut-être l'est-elle. Peut-être pas du tout. Alban existe et vous le savez, c'est vrai qu'il a suivi un régime, peut-être juste pour lui ou alors pour plaire à une femme, mais laquelle ? Je l'ignore aussi. Je l'ai croisé dans l'entrée de l'immeuble et l'ai félicité pour un dessin qu'il avait fait sur Instagram pendant le confinement. Il a proposé de me l'offrir. Je suis passée chez lui et il y avait sa compagne. Elle est maquilleuse pour une émission de télé dans laquelle il est passé, mais je ne sais pas s'ils se sont rencontrés là. Quant à Marc Lacour, j'ignore s'il a rencontré sa compagne à la Lady's Tower, ni même si c'était son fond d'écran d'ordinateur portable, plus encore s'il a fait une *near death experience*. Je l'ai en effet pris en photo à sa demande, il m'a confié qu'il était trader et qu'il voulait changer de vie radicalement. Un jour j'ai reçu la carte d'Écosse de leur maison d'hôte, avec un petit mot m'invitant à passer les voir si jamais je me rendais dans la région. Sur leur site internet, la tour est mentionnée parmi les curiosités de la côte. Vincent Véga vit avec une chatte noire qui s'appelle Belphégor et c'est vrai qu'il la vouvoie. Il est marié et a un petit garçon qui souffre d'asthme mais la chatte n'est pas responsable de son déménagement ; en fait sa femme et lui ont simplement divorcé. Nous nous sommes rencontrés peu de temps après son installation : la chatte s'était échappée et il la cherchait dans la cour. Belphégor était montée dans l'arbre, de ma fenêtre je la voyais.

— La photo, dans le magazine, elle est bien de vous ?

— Oui.

— N. G. ?

— Comme Nathalia Guitry et je n'ai aucun lien de parenté avec Sacha Guitry. Je poursuis les étages ?

— S'il vous plaît.

— Au quatrième, je ne pouvais rien dire, reprend-elle, car il n'y a personne, mais il n'y a aucun scellé sur la porte, ni aucune vieille dame décédée dont l'héritage poserait problème. On dit que l'appartement fait partie des biens immobiliers du maire de l'arrondissement et qu'il ne veut pas que ça se sache, d'ailleurs il n'y a aucun nom sur le tableau des habitants. Au cinquième, habite désormais Mlle Hitahido, une Japonaise qui a fait plein de travaux mais que je n'ai vue là que quinze jours durant la *fashion week* puis plus du tout. Le syndic dit que c'est la fille d'un riche industriel japonais, que l'appartement est son pied-à-terre parisien et qu'elle viendra peu souvent. Je n'en sais pas plus. La seule chose qui soit vraie et que je sache, c'est ce qui s'est produit à ce même cinquième étage, le 12 mars à 16 heures, il y a un an.

Si le secret que nous partageons n'était pas si pénible, j'éprouverais une sincère satisfaction, car Nathalia est de loin le travail le plus réussi de ma carrière.

La relation patient-psy est constituée d'un tandem contre nature : deux êtres qui ne se connaissent pas vont se retrouver dans une pièce et ce qui sera dit dans ce lieu relève du plus intime, du plus enfoui de l'âme, c'est un exercice de haute précision et de confiance totale. Dans les congrès j'ai l'habitude de faire le parallèle avec un duo de trapézistes : chacune de leurs figures est exécutée avec précision et confiance et l'on ne peut distinguer lequel des deux est plus fort que l'autre. On assiste à une chorégraphie esthétique qui tire sa beauté de son apparente simplicité.

Dans le travail analytique, on retrouve cette forme de beauté tranquille, cette esthétique en apparence si simple : patient allongé, toujours dans la même position, moi assis, toujours à la même place, dans un décor qui est toujours le même. Nos phrases sont nos figures acrobatiques. Tantôt c'est moi qui guide le patient, tantôt c'est lui qui m'amène vers les questions qu'il aimerait s'entendre poser.

Parfois il a vécu des années en souhaitant entendre ces questions. L'analyse est une lente préparation à les entendre, une répétition. Un entraînement pour un spectacle qui n'aura jamais lieu dans le bureau. Un spectacle que je ne verrai jamais : celui du patient en accord avec lui-même, à l'extérieur de mes murs.

Dans la vie réelle. Au moment où les obstacles peuvent enfin être contournés, pas éliminés, car ce qui a eu lieu ne s'efface jamais, ne se gomme pas. Tout reste. Comme la pesanteur terrestre n'est pas éliminée du spectacle des trapézistes, bien au contraire elle en fait partie, s'y intègre pleinement. Sans elle il n'y aurait pas de spectacle, pas de prouesses, pas de beauté. Et pas de danger.

— La pesanteur de nos vies nous est nécessaire, dis-je aussi devant les assemblées de nos séminaires. Sans elle nous serions des êtres légers, superficiels, sans attaches ni repères, vides comme l'air. Comme ces ballons remplis d'hélium dans les fêtes foraines qui s'évadent vers le ciel, montent vers nulle part, aspirés par les courants chauds, et finissent accrochés dans des branches d'arbres, parmi les sacs en plastique de supermarchés et autres déchets industriels.

Plus notre sac est lourd, plus nous sommes riches, plus les secrets nous torturent, plus nous sommes sûrs d'exister. Le doute, les remords, les souvenirs, les actes nous brûlent – alors s'ils nous brûlent nous sommes sûrs d'avoir un corps. C'est dans les moments les plus odieux de la vie que nous possédons enfin la certitude d'être vivants. Le travail analytique se concentre sur « l'autre corps », disait Malevinsky. Cette haute voltige de l'âme, cet exercice cérébral, si précis et si difficile qu'il atteint au dépassement de soi. Dans le vide, le silence et la lutte contre l'attraction terrestre, comme les trapézistes.

Je regarde Nathalia, elle est assise sur le divan. Je sais ce que veut dire cette position particulière du patient, lorsqu'il la garde quelques secondes de trop et que les secondes finissent par former une minute. Le travail est terminé. L'analyse a pris fin.

— Reprenons une cigarette, me dit-elle.

Je me tourne vers le paquet rouge et, avant de me servir, je le lui tends, elle en tire une et l'allume puis avance la flamme de son briquet vers la mienne.

Nous fumons en silence. Nous avons dépassé le plafond de l'analyse traditionnelle. Le psy et sa patiente ayant eu accès chacun à leur secret, qui se trouve être le même et posant de concert leur fardeau. À ma connaissance, cela ne s'est jamais produit. Nous devons nous trouver dans une sorte d'antichambre de la métaconscience claire. Tout en haut de l'immeuble finalement, au-delà du cinquième étage. Nous avons traversé le plafond, le grenier, les poutres, le zinc. Nous sommes en apesanteur dans un ciel bleu, radieux.

— Pourquoi souriez-vous ? me dit-elle.

— Je pense à une phrase de Jung… Elle m'a toujours paru obscure : le refoulé revient sous forme de destin.

Nathalia tire une bouffée de sa cigarette.

— Je comprends, je suis votre destin.

Je la regarde et j'aime voir ce sourire à peine esquissé sur ses lèvres, cela me prouve qu'elle aussi est libérée, elle aussi est au-dessus du toit, dans le ciel bleu.

— Maintenant, dit-elle, je dois faire quelque chose de symbolique. Quelque chose que j'attends depuis un an.

— Quoi donc ?

— Je ne vais pas appeler la police, si c'est à ça que vous pensez, je l'aurais fait depuis longtemps, et de toute façon cela ne rendra pas di Caro à la vie. Non, ce que je veux, c'est que vous me rendiez ce que vous m'avez pris.

— Qu'est-ce que je vous ai pris ?

— Mon talent. Je vous l'ai dit, je suis là pour ça.

Elle se penche vers son sac de toile noir et en sort une enveloppe de papier kraft similaire à celles des récits et me la tend. Elle n'est pas fermée et ne contient aucune page. En la secouant doucement je fais glisser trois négatifs de photos dans la paume de ma main. Les trois petits carrés qui renferment les minutes les plus terrifiantes de ma vie.

— Il n'y a que vous et moi qui savons ce qui s'est passé ce 12 mars. Depuis un an, une partie de vous est restée chez moi, elle m'empoisonne, je me délivre en vous la rendant. Voilà, ils sont à vous.

Nathalia se trompe peut-être en disant qu'il n'y a que nous deux à savoir ce qui s'est passé ce 12 mars. Depuis ce matin, il y a ma femme et le personnage du dernier récit doit fortement lui faire penser à moi. Elle se souviendra des questions de la police à notre domicile et de notre stupeur commune à la mort violente de Marco di Caro. Mais je verrai cela plus tard, pour l'instant Nathalia est toujours là. Plus pour longtemps, bientôt elle va partir. Déjà elle écrase sa cigarette dans le cendrier et je nous sens redescendre vers la pesanteur terrestre.

La fusion sublime se dissout déjà, c'est normal, l'être ne peut vivre dans l'extase de la connaissance très longtemps. Ces instants-là sont rares et les étages défilent en douceur, nous glissons comme des plumes sur le zinc gris du toit, passons devant les persiennes des greniers du sixième, devant les fenêtres du cinquième, l'appartement, désormais silencieux, attend une riche Japonaise, devant celles du quatrième, les pièces vides ne se comptent qu'au prix du mètre carré pour un élu spéculateur, devant celles du troisième, les volets sont clos pour longtemps pendant qu'à l'autre bout de l'Écosse, l'ancien propriétaire sirote un whisky en attendant le retour de Mary. Derrière le balcon du deuxième, il n'y a que Belphégor qui griffe une mouche à travers les voilages, au premier nous apercevons la planche à dessin d'Alban et ses flacons d'encre, au rez-de-chaussée, sur le mur on entrevoit la grande litho bleue de Jacques Monory et la caméra d'Alice Larjac avec laquelle elle se filme. Voilà, nos pieds touchent les pavés disjoints. Derrière nous, il y a un grand arbre. On n'a jamais su exactement à quelle espèce il appartenait ; certains habitants penchent pour un merisier, d'autres pour un chêne, bien qu'il n'ait jamais produit aucun gland.

— Je savais bien, dis-je à voix basse, que vous aviez « quelque chose de moi ».

Jamais je ne lui parlerai de l'étrange sentiment éprouvé dans l'ancienne chambre de ma fille, ce matin où je me croyais en été et où le chanteur Bashung égrenait son poème bizarre. Ce sentiment plus fort que l'amour et l'envie, ce désir fou qu'elle soit ma fille.

Maintenant elle va s'en aller, dans quelques instants la porte du bureau, puis celle de l'appartement vont se refermer sur elle et jamais je ne la reverrai.

À cette idée, je sens quelque chose se serrer en moi et cela tient aussi bien de l'affectif que du physique, cela a commencé il y a quelques secondes et je ne me trompe pas. Je suis médecin.

— Moi aussi, j'ai quelque chose pour vous, lui dis-je.

Lorsqu'elle est rentrée du journal, je l'attendais assis derrière mon bureau. Elle a poussé la porte et s'est avancée vers moi. Elle n'a rien dit puis a tourné la tête vers la cheminée du bureau qui jamais ne fonctionne et maintenant consumait les tirages et les négatifs de Nathalia ainsi que les récits des étages. Quand elle est arrivée face à moi, nous nous sommes regardés en silence, puis ses yeux se sont baissés vers mon bureau. Là où d'habitude sont alignées côte à côte, dans un ordre méticuleux, les neuf clefs en fer forgé avec leurs anneaux coulissants en forme de cœur. Ma femme a hoché la tête en silence puis a reposé les yeux sur l'âtre de la cheminée. J'ai bien senti qu'elle avait un doute. Elle m'a dit :

— Ils étaient inventés ces récits, n'est-ce pas ?

Et sans remords aucun, car si je dois payer un jour ce ne sera pas dans cette vie, mais dans un ailleurs improbable, devant le grand analyste, celui qu'on ne règle pas en espèces et avec qui le travail dure une éternité. Oui, sans remords, j'ai répondu :

— Bien sûr. Ils étaient inventés.

C'est là que la douleur définitive m'a prise. D'abord dans le bras gauche puis rapidement elle a gagné la poitrine, transformant mon sang en poison. J'ai demandé à ma femme de me laisser seul un instant. De plus en plus oppressante à chaque pulsion de l'aorte, la douleur s'est ensuite installée dans toute la cage thoracique, l'envahissant comme une tache d'encre sur un buvard ; mon teint a viré au gris et mes mains se sont glacées.

Alors que mon sang se changeait en encre et que la pompe cardiaque vacillait, j'ai pensé que c'était mieux ainsi. J'ai pensé à Catherine, ma lointaine fille pour qui je n'ai pas été le père idéal et qui certainement allait désormais me trouver des qualités que je n'avais pas. L'image du perroquet jaune et bleu est revenue et j'ai souri en me remémorant la théorie sur la longévité du volatile. J'ai pensé que cette fois ma certitude était certaine.

Dans un effort surhumain, je me suis levé pour faire ce que jamais je n'aie fait auparavant : m'allonger sur le divan.

Dans mes dernières secondes, j'ai pensé à Nathalia et à mes clefs passe-partout qu'elle emportait avec elle. À elle d'ouvrir d'autres portes désormais, en ce qui me concernait toutes les serrures étaient en train de se refermer. Cette phrase étrange de ma femme à son sujet – « peut-être qu'elle n'existe pas » – ne me tourmentait plus, bien au contraire, dans la confusion de mes derniers instants je la mélangeais avec celle de

Jung sur le destin. Enfin, je voyais le visage de Nathalia, cette fois je n'avais plus d'absence de mémoire sur son physique, elle m'apparaissait avec une netteté surréelle et je finissais par penser qu'elle était ma mort. Je ne l'avais jamais imaginée si belle et si douce, avec des yeux si bleus. Son visage s'approchait du mien, je la serrais contre moi en passant ma main dans ses cheveux brillants, ma joue contre son cou, et lorsque j'ai perdu connaissance, j'éprouvais un sentiment de joie qui n'est pas de ce monde.

Une semaine plus tard, j'ai ouvert les yeux sur un plafond blanc. J'ai compris qu'il ne s'agissait ni du paradis, ni de l'enfer, ni du purgatoire mais d'un service hospitalier – probablement d'un service de réanimation. Le temps s'était aboli et j'aurais été incapable de dire à cet instant si j'étais là depuis quelques heures ou bien quelques jours voire quelques semaines. Mon dernier souvenir était sur mon divan – j'étais allongé. C'était il y a quelques minutes. Pourtant non, une semaine s'était écoulée. Pour mon pontage, j'ai été mis dans le coma artificiel. Et je me suis réveillé dans le service après l'opération. François, mon ami cardiologue, est le premier visage que j'ai vu se pencher vers moi. Il m'a touché la main.

— C'est bon, t'es tiré d'affaire, a-t-il dit, et j'ai hoché la tête doucement.

Contrairement au personnage de Nathalia – le trader qui va en Écosse –, je n'ai ni flotté au-dessus de mon corps ni traversé un tunnel de lumière. Aucune

NDE à signaler. Après, je suis sorti des soins intensifs et l'on m'a installé dans cette chambre.

Ma femme est revenue dans mon bureau et m'a trouvé inanimé sur le divan. Elle a tout de suite appelé les pompiers. Le secrétariat qui gère mes rendez-vous a décommandé tous mes patients. Je ne pourrai sortir que dans dix jours. Une semaine plus dix jours, je me demande ce qu'ils vont devenir. Robotti a envoyé un bouquet de fleurs chez moi ainsi que ma jeune fille anorexique – elle a trouvé un bouquet de fleurs orange composé de roses et de gerberas qu'elle a agrémenté d'un bouquet de carottes. Robotti a écrit un petit mot : « Revenez vite. » Mon anorexique n'a rien écrit, mais son attention me touche beaucoup.

Nous n'avons pas reparlé du dernier récit de Nathalia avec ma femme. Elle m'a juste dit :

— Pourquoi tu lui as donné tes clefs ?

J'ai souri. « Donner ses clefs à quelqu'un » : il y aurait un peu de travail analytique sur cette phrase.

— Cette collection était terminée, ai-je murmuré avant de feindre de m'endormir.

Je pense que j'ai vraiment fait peur à ma femme, sans en être sûr je me demande si cet infarctus ne nous rapproche pas. Ma fille m'a fait une visite hier, elle avait l'air sincèrement désolée de me voir comme ça. Elle a eu des mots plutôt gentils, puis elle n'a plus rien dit. Elle s'est levée et s'est postée à la fenêtre de ma chambre pour regarder les immeubles en face. En silence. Puis elle a dit qu'elle allait y aller.

Je me redresse dans le lit médicalisé et tends la main vers mon smartphone posé sur la table de nuit à côté d'un verre d'eau. La reconnaissance digitale fait apparaître toutes les icônes. J'hésite. Je vais dans le répertoire à la lettre N.

« Vous faites quoi ? »

Je pose le téléphone sur le lit. Il ne s'est pas écoulé une minute que le tintement d'une réponse retentit à mon SMS.

« Je suis chez moi. Je reviens d'une séance photo, je vais me servir un verre de vin blanc et le boire au balcon. Il y a du soleil. Et vous, que faites-vous ? »

« Je suis dans un hôpital. J'ai fait un infarctus après votre départ. »

« Où êtes-vous ? »

J'ai donné le nom de l'hôpital, le numéro de ma chambre. Elle a dit qu'elle arrivait. Une heure s'est écoulée quand j'entends frapper à la porte. Je dis d'entrer et elle entre. Ses yeux bleus me fixent puis elle vient s'asseoir sur la chaise destinée aux visiteurs qui se trouve juste à côté de mon lit. Elle pose sa main avec douceur sur la mienne, puis la retire lentement.

— Vous avez repris la photographie ?

Elle sourit.

— Oui, et vous, ça va ?

— Ça va mieux, dis-je. Merci d'être venue.

Elle me sourit et moi aussi je souris, je prends conscience que je n'ai pas souri depuis que je suis là.

— Le système est inversé, lui dis-je.

Elle me regarde d'un air interrogateur.

— Je suis allongé et vous êtes assise à mes côtés.

— Oui, répond-elle avec cette même intonation définitive qu'elle avait dans nos séances.

— Comment va ma collection de clefs ?

— Très bien, je les ai posées sur une table basse. Comment vont mes négatifs ?

— Je les ai brûlés.

Elle approuve d'un battement de paupières puis se lève et se poste devant la fenêtre, les yeux perdus dans les immeubles de la ville. À l'exacte place où était Catherine il y a quelques jours.

— D'une certaine façon, j'ai fait mon analyse avec vous, Nathalia, lui dis-je.

De dos, je la vois hocher la tête.

— Et moi ? répond-elle sans quitter la ville des yeux.

— Que voulez-vous dire ?

— Ai-je terminé la mienne ?

Un silence s'installe entre nous que je choisis de briser par :

— À quoi pensez-vous ?

— À mon balcon. Tout à l'heure je buvais un verre de vin blanc dans le soleil. Je regardais la façade ouest.

— Vous voyez aussi la façade ouest ?

— Oui.

— Que regardiez-vous ?

— Le troisième étage, il y avait un déjeuner chez Hélène Le Garrec. C'est une excellente cuisinière. Elle a transformé son appartement en restaurant clandestin. Elle dresse jusqu'à vingt tables et reçoit le jeudi midi et le samedi soir. Il faut être parrainé pour y aller, prendre rendez-vous sur le Net et il y a un mot de passe à donner à l'interphone.

— Quel était le plat aujourd'hui ?

— Des cailles au pommeau avec des pommes sautées aux girolles et aux morilles.

— Nathalia ?

— Docteur Faber.

— Il y a combien d'étages à la façade ouest ?

— Cinq.

Elle se retourne vers moi et me sourit en me fixant de son regard clair. Je sens que sa respiration s'accélère. Je sais à cet instant que nous allons retourner dans l'immeuble. Non, la porte cochère n'est pas refermée. Les récits vont reprendre et la thérapie n'est donc pas terminée, il reste d'autres secrets et Nathalia va me les livrer, à nouveau, à travers les étages.

— Pour changer, nous commencerons directement par le troisième étage, dis-je.

— Oui. Quand sortez-vous ?

— Dans dix jours.

— Je viens le jeudi suivant alors, 16 heures, comme d'habitude ?

— Oui. Jeudi, à 16 heures. Je vous attends, Nathalia.

— Je serai là, docteur. Je déposerai mon récit avant ?

— Parfait. Ne changeons pas les habitudes. Jamais.

Cet ouvrage a été mis en page par IGS-CP
à L'Isle-d'Espagnac (16)

CET OUVRAGE
A ÉTÉ ACHEVÉ D'IMPRIMER
SUR ROTO-PAGE
PAR L'IMPRIMERIE FLOCH
À MAYENNE EN AVRIL 2023

N° d'édition : 439821-0. N° d'impression : 102410
Dépôt légal : mai 2023
Imprimé en France